INVITO ALLA LETTURA

SEZIONE ITALIANA

8.

Svevo

MARIO LUNETTA

Invito alla lettura di Italo Svevo

MURSIA

Il nostro indirizzo Internet è: http://www.mursia.com

1331/AC - Gruppo Ugo Mursia Editore S.p.A. - Via Tadino, 29 - Milano
Stampato dal Consorzio Artigiano «L.V.G.» - Azzate (Varese)

Anno	Ristampa
02 01 00 99	11 12 13 14

CRONOLOGIA

	Vita di Svevo	*Avvenimenti culturali*	*Avvenimenti storici*
1861-1873	Ettore Schmitz nasce a Trieste il 19 dicembre 1861 da Francesco Schmitz (figlio del funzionario imperiale austriaco Adolfo Schmitz oriundo della Renania, che aveva sposato la trevigiana Rosa Macerata) e da Allegra Moravia, quinto di otto figli: Paola, Natalia, Noemi, Adolfo, Ettore, Elio, Ortensia e Ottavio. Trascorre l'infanzia a Trieste nella casa patriarcale di Corsia Stadion, in un'atmosfera gaia e affettuosa malgrado il padre, commerciante nel ramo vetrario, fosse portato alla severità. Il progetto di Francesco Schmitz è di fare dei figli maschi provetti uomini d'affari. È per questo	*Nascono in questi anni De Roberto (1861), Croce (1866), Pirandello (1867), la Deledda e Proust (1871), Thomas Mann (1875). Dal 1859 al 1864 Rovani pubblica* Cento anni. *Nel 1862 appaiono* I miserabili *di Hugo. Daudet, Zola, Dostoevskij e Tolstoj sono al massimo della loro attività. Nel 1867 escono* I miei ricordi *di D'Azeglio,* Le confessioni di un italiano *di Nievo, e nel 1870-71 la* Storia della letteratura italiana *di De Sanctis. A Milano, per opera di Arrigo Boito, Rovani, Praga, Tarchetti, Dossi e altri è nata la Scapigliatura. Nel 1872 si pubblicano* Il tea-	Nel decennio che si apre con la morte di Cavour, il nuovo Regno d'Italia si trova di fronte a un complesso di problemi che la classe dirigente solo di rado riesce a valutare nella loro reale portata, chiusa nel suo « piemontesismo » e nel suo miope moderatismo. Le plebi contadine del Sud, escluse dalla nuova realtà politica cui si sentono estranee, reagiscono con l'esplosione del brigantaggio, stroncato con feroci repressioni militari. 1864: il ministero Farini-Minghetti firma con la Francia la Convenzione di settembre, per regolare la questione di Roma. Pio IX emana l'en-

	Vita di Svevo	*Avvenimenti culturali*	*Avvenimenti storici*
1861-1873	che a dodici anni Ettore deve partire per il collegio di Segnitz presso Würtzburg, insieme ad Adolfo e Elio, per apprendere correttamente il tedesco, lingua indispensabile per ogni commerciante triestino.	tro italiano contemporaneo *di Capuana, manifesto del verismo italiano, e* Giambi ed epodi *di Carducci; De Sanctis pubblica* Manzoni *e dal 1872 al 1874* La letteratura italiana del secolo XIX. *Nel 1873 Rimbaud pubblica* Una stagione all'inferno*; Zola* Il ventre di Parigi *e l'anno seguente Flaubert pubblicherà* Tentazione di S. Antonio.	ciclica *Quanta cura* e il *Sillabo,* attacco frontale alla civiltà e allo spirito dei tempi nuovi. 1865: trasferimento della capitale da Torino a Firenze. La monarchia sabauda si « italianizza ». 1866: terza guerra d'indipendenza. L'Italia è alleata della Prussia contro l'Austria. 23 ottobre 1867: Villa Glori. 3 novembre 1867: Mentana. Il crollo della Francia a Sedan permette a Cadorna di impadronirsi di Roma (20 settembre 1870). Luglio 1871: il governo italiano si trasferisce a Roma. Legge delle guarentigie. 1872: muore Giuseppe Mazzini.
1874-1875	Elio non regge ai rigori del clima e della disciplina, per cui dovrà rientrare ben presto a Trieste. Ettore riesce invece ad acclimatarsi e in pochi mesi impara la lingua. Dà vita con alcuni compagni a un circolo intellet-	*Verga, dopo il morbido sentimentalismo delle prime opere, si orienta verso una concezione della vita come necessità dolorosa, e dell'uomo come vittima di tale necessità. Scrive, nel 1874,* Nedda, *racconto si-*	In Germania l'autoritarismo di Bismarck si veste di abiti anticattolici per isolare l'autonomismo della cattolica Baviera: il *Kulturkampf.* 1877: in Francia fallisce il tentativo autoritario del Mac-Mahon.

	Vita di Svevo	*Avvenimenti culturali*	*Avvenimenti storici*
1874-1875	tuale e scrive, in polemica con un condiscepolo, una tesina filosofica in tedesco. Legge nel frattempo con entusiasmo i classici tedeschi, Schopenhauer, Hermann Paul e, in traduzioni tedesche, Turgenev e Shakespeare. Risale a questo periodo il primo amore per una fanciulla, Anna Hertz.	*gnificativo, sotto il profilo di questo suo nuovo orientamento. Zola pubblica nel 1875* Il fallo dell'abate Mouret*; Symonds* Il Rinascimento in Italia*; Henry James pubblica il suo primo romanzo* Rodrigo Hudson *(*Watch and Ward*, primo in ordine cronologico, verrà ripudiato dall'autore).*	
1878	A 17 anni, compiuti gli studi, Ettore abbandona definitivamente la Germania e a Trieste si iscrive all'istituto superiore di commercio Revoltella, senza troppo entusiasmo. In realtà, le sue aspirazioni segrete sono la letteratura e un viaggio con soggiorno prolungato a Firenze per apprendere dal vivo la corretta lingua italiana.	*Nel 1877 Carducci pubblica le* Odi barbare. *Esce nello stesso anno il* Lucifero *di Rapisardi. Degni di nota* Le lettere meridionali *(1878) del Villari,* Giacinta *(1879) di Capuana, le* Ricordanze della mia vita *di Settembrini (1879) e* Primo vere *di D'Annunzio (1879). La letteratura europea si arricchisce di nuove opere di Daudet, Dostoevskij, Flaubert, Ibsen, Tolstoj e Zola.*	Sale al soglio pontificio Leone XIII. Congresso di Berlino. In Italia la Destra storica passa la mano alla Sinistra. Repubblicani come Felice Cavallotti e Giovanni Bovio; radicali, democratici e anticlericali come Agostino Bertani; socialisti come Andrea Costa danno vita alla cosiddetta Estrema. Muoiono Vittorio Emanuele II e Pio IX.

	Vita di Svevo	*Avvenimenti culturali*	*Avvenimenti storici*
1880-1892	Nel febbraio del 1880 inizia la commedia *Ariosto governatore*; nel marzo *Il primo amore*; nel luglio *Le Roi est mort; vive le Roi!* Successivamente lavora a un'altra pièce, *I due poeti*. È costretto a impiegarsi quale corrispondente tedesco e francese alla Banca Union. Nel frattempo frequenta la biblioteca civica per leggervi i classici italiani e gli autori francesi, soprattutto naturalisti. Nel febbraio del 1881 lavora a una novella dal titolo *Difetto moderno*. Scrive *La storia dei miei lavori*. In marzo scrive la novella *I tre caratteri*, intitolata in seguito *La gente superiore*. Nel 1886 muore di nefrite l'amatissimo fratello Elio. Il dolore lascia in Ettore un solco di incancellabile amarezza. Conosce il diciannovenne pittore Umberto Veruda, del quale diventa in breve amico fraterno. Appare a puntate,	*Nascono in questo periodo, Saba, Tozzi, Gozzano, Joyce, Kafka, Lukács, Pound. Mentre Carducci domina l'Italia letteraria, comincia ad emergere D'Annunzio che pubblica nel 1882* Canto novo *e, poco dopo,* Intermezzo di rime, *quindi i significativi racconti di* Terra vergine *(1883). Fogazzaro pubblica* Malombra *(1881), Fucini* Le veglie di Neri *e la Serao* Il ventre di Napoli *(1884). Verga pubblica alcuni dei suoi capolavori:* Vita dei campi *(1880),* I Malavoglia *(1881) e le* Novelle rusticane *(1883);* Cavalleria rusticana *viene rappresentata la prima volta nel 1884. Fogazzaro pubblica* Daniele Cortis *(1885), D'Annunzio* Isaotta Guttadauro *(1886),* Il piacere *e* Trionfo della morte *(1889), Verga* Mastro don Gesualdo *(1889), De Marchi* Demetrio Pianelli *(1890), Pascoli* Myricae *e la Serao* Il paese di cuccagna *(1891).*	Nel 1891 Leone XIII emana l'enciclica *Rerum novarum*. Nell'agosto 1892, 400 delegati riuniti a Genova, tra i quali sono Turati, Prampolini, Costa, Bissolati, Anna Kuliscioff, dopo una dura polemica con gli anarchici, gettano le basi di un nuovo partito dei lavoratori: il Partito Socialista Italiano. Nascono in Sicilia i Fasci dei lavoratori. Giolitti sale al potere. Scoppia lo scandalo della Banca Romana.

	Vita di Svevo	*Avvenimenti culturali*	*Avvenimenti storici*
1880-1892	dal 4 al 13 ottobre del 1890, il lungo racconto *L'assassinio di Via Belpoggio*, sull'« Indipendente ». 1° aprile 1892: muore il padre. Rivede, dopo alcuni anni, la cugina Livia Veneziani diciottenne e ne nasce una tenera amicizia. Esce nel 1892 il suo primo romanzo *Una vita*, con lo pseudonimo di « Italo Svevo », presso l'editore triestino Vram, e la data 1893.	*Tra il 1882 e il 1886 si diffonde il termine « decadente » per indicare le opere di poeti come Verlaine e Mallarmé. Nel 1883 Nietzsche pubblica* Cosí parlò Zarathustra. *Vedono la luce le opere di Bergson e William James. Continua ad imporsi la drammaturgia nordica di Ibsen e di Strindberg.*	
1895-1899	Ottobre 1895: gli muore la madre; l'amicizia con la cugina Livia si rivela tenero amore. 20 dicembre: si fidanza con Livia Veneziani. Il 30 luglio 1896 sposa Livia Veneziani; va ad abitare in villa Veneziani. Continua a mantenere tre impieghi: la banca, il lavoro notturno al « Piccolo », l'insegnamento all'istituto Revoltella. Nel settembre 1897 nasce la figlia Letizia. Dal 15 giugno al 16 settembre del	*Nel 1895 Fogazzaro pubblica* Piccolo mondo antico; *nel 1896 Oriani pubblica* La disfatta *e Verga* La lupa; *nel 1897 escono i* Primi poemetti *di Giovanni Pascoli e Carducci nel 1898 pubblica* Rime e Ritmi. *Nel 1900 usciranno* Come le foglie *di Giacosa,* Il fuoco *di D'Annunzio e* Il Marchese di Roccaverdina *di Capuana. Nel 1895, all'estero, escono:* Poesie *di Yeats,* Giuda l'oscuro *di T. Hardy e* La follia di Almayer	1° marzo 1896: sconfitta di Adua e scomparsa dalla scena politica del Crispi. Una forte inquietudine sociale attraversa il paese. La Corte e la classe dominante pensano di risolvere la situazione con una sorta di colpo di stato legale da attuarsi con l'appoggio del Parlamento. Nel 1897 il generale Bava Beccaris spara sui popolani milanesi in agitazione per l'aumento del prezzo del pane e viene decorato dal re.

	Vita di Svevo	*Avvenimenti culturali*	*Avvenimenti storici*
1895-1899	1898 appare a puntate sull'« Indipendente » il suo secondo romanzo *Senilità*; nello stesso anno l'opera esce in volume presso l'editore Vram di Trieste; amarezza del romanziere per il silenzio della critica italiana. Si immerge nella lettura: Ibsen, Dostoevskij, Tolstoj. Nel 1899 lascia la banca ed entra nella ditta industriale del suocero Gioachino Veneziani. Segretamente continua a scrivere nonostante l'amarezza per il silenzio della critica e l'assiduità nel lavoro di dirigente industriale.	*di Conrad. Sempre nel 1895 Verhaeren pubblica* Le città tentacolari*; nel 1896 Renard pubblica* Storie naturali, *e Valéry* Serata col signor Teste. *Nel 1897 di Gide esce* Alimenti terrestri, *mentre Webb pubblica* La democrazia industriale *e nel 1898 Hardy* Poesie del Wessex *e Wilde* Ballata dal carcere di Reading. *Nel 1900 Conrad pubblicherà* Lord Jim.	Il primo ministro Pelloux tenta di far passare alla Camera una serie di leggi liberticide, non varate grazie all'ostruzionismo dei liberali piú democratici (Giolitti e Zanardelli) e della Sinistra socialista e radicale.
1903-1905	Nel 1903 termina la commedia *Un marito*. Nel 1904 muore l'amico Umberto Veruda. 1905: incontro e amicizia con James Joyce; discussioni e confidenze letterarie: Joyce gli legge i suoi lavori manoscritti; Svevo consegna a Joyce i suoi due romanzi. Entusiasmo di Joyce.	*Nel 1903 escono in Italia:* Canti di Castelvecchio *di Pascoli,* Dal tuo al mio *di Verga,* Elias Portolu *della Deledda,* Alcyone *di D'Annunzio.* *Nel 1904:* Il fu Mattia Pascal *di Pirandello,* La figlia di Jorio *di D'Annunzio,* Poemi conviviali *di Pascoli,* Cenere *della Deledda.* *Nel 1905:* Il Santo *di Fogazzaro,* La	Nei primi anni del '900, Giovanni Giolitti è la personalità piú autorevole e significativa della politica italiana. Con lui si apre un nuovo atteggiamento nei confronti del proletariato, assai piú sensibile di quello dei predecessori. Lo stato giolittiano si sforza di adeguarsi allo sviluppo economico e sociale della nazione, pur senza

	Vita di Svevo	*Avvenimenti culturali*	*Avvenimenti storici*
1903-1905		fiaccola sotto il moggio *di D'Annunzio. In Francia nel 1904 Romain Rolland inizia la pubblicazione del romanzo* Gian Cristoforo. *Nel 1905 escono in Inghilterra* De profundis *di Wilde e* Kipps *di Wells.*	riuscire a risolvere le contraddizioni piú profonde. Abbandono del Triplicismo oltranzista in politica estera.
1915-1922	Joyce lascia Trieste. Il suo patriottismo procura a Svevo fastidi con la polizia austriaca. Durante il periodo del primo conflitto mondiale s'immerge nella lettura: Swift è uno degli autori approfonditi. Si interessa alla storia della letteratura inglese. Inizia la traduzione dell'opera di Freud *La scienza dei sogni.* Lavora intorno a un progetto di pace universale. È membro del comitato di salute pubblica prima dell'entrata delle truppe italiane a Trieste. Dà la sua collaborazione al giornale « La Nazione », fondato in Trieste dopo il passaggio di quella città all'Italia. Nel febbraio 1919 comincia a scrivere	*Muoiono in questo periodo Tozzi, Verga, Wedekind e Proust. Anche da noi si diffondono le esperienze piú avanzate dell'avanguardia europea. Escono intanto le prime raccolte poetiche di Ungaretti e si va affermando l'ermetismo. Nel 1921 si rappresenta per la prima volta* Sei personaggi in cerca di autore *di Pirandello. Kafka pubblica* Un medico di campagna, *Gide* Sinfonia pastorale, *Valéry* Il cimitero marino, *E- liot* Il bosco sacro, *Joyce* Ulisse, *Brecht* Tamburi nella notte, *Freud* Alcune osservazioni sull'inconscio. *Dal 1919, e fino al 1923, esce a Roma la rivista « La Ronda ».*	Il 24 maggio del 1915 l'Italia entra nel primo conflitto mondiale. Dal 22 ottobre 1918 ha inizio la vittoriosa offensiva di Vittorio Veneto. Nel giugno del 1919 viene stipulato il trattato di Versailles. Viene fondata la Società delle Nazioni, a Ginevra, nel 1920. Nel 1920 Gandhi inizia la campagna per la disubbedienza civile. Sempre nel 1920, in Baviera, Hitler fonda il Partito Nazionalsocialista dei Lavoratori; si conclude la guerra civile che ha afflitto la Russia dopo la Rivoluzione d'Ottobre del 1917. Nel 1922, dopo la marcia su Roma, Mussolini forma il primo governo fasci-

	Vita di Svevo	*Avvenimenti culturali*	*Avvenimenti storici*
1915-1922	il suo terzo romanzo: *La coscienza di Zeno.* Dopo aver rivisto Joyce a Parigi, lavora intensamente alla stesura definitiva de *La coscienza di Zeno.*		sta. Nello stesso anno il congresso panrusso dei Soviet costituisce l'Unione delle Repubbliche Socialiste Sovietiche.
1923	Esce *La coscienza di Zeno,* presso l'editore Cappelli. Amarezza di Svevo per il silenzio della critica italiana.	*Muoiono Raymond Radiguet, Maurice Barrès e Katherine Mansfield. Vengono pubblicati in Italia:* Vestire gli ignudi *di Pirandello,* Poesia e non poesia *di Croce; vengono pubblicati all'estero:* La prigioniera *di Proust,* Le mie università *di Gorkij,* Platonov *di Čechov (postumo). A Mosca esce la rivista « Lef ».*	Avviene la fusione tra nazionalisti e fascisti. Lenin abbandona la direzione dell'Unione delle Repubbliche Socialiste Sovietiche. Il generale Primo de Rivera, in Spagna, con un colpo di stato instaura la dittatura.
1924	Manda il romanzo a James Joyce, che gli risponde lodando la opera e consigliandolo d'inviarla ai suoi amici critici e letterati, tra i quali Valery Larbaud e Benjamin Crémieux.	*Escono in Italia:* Tutt'e tre *(novelle) di Pirandello,* Le faville del maglio *di D'Annunzio,* La prima forma dell'Estetica e della Logica *di Croce. All'estero:* Il monte magico *di Thomas Mann,* Billy Budd *di Melville (postumo),* Tre donne *di Musil,* Mestiere *della Cvetaeva.*	Muore Lenin. Il 10 di giugno viene assassinato Giacomo Matteotti: si ha la secessione dell'opposizione parlamentare dell'Aventino.

	Vita di Svevo	*Avvenimenti culturali*	*Avvenimenti storici*
1925	Gennaio: riceve la prima lettera di Larbaud, che gli fa concrete proposte per un lancio in Francia. Nella primavera incontra a Parigi i suoi estimatori e si lega di amicizia confidenziale particolarmente con la signora Crémieux, che gli parla di Proust, autore a lui ancora sconosciuto. Nel novembre lavora a *Corto viaggio sentimentale.* Dicembre: esce su « L'Esame » il saggio critico di Montale *Omaggio a Svevo.*	*Vengono pubblicati in Italia:* Ossi di seppia *di Montale,* Novale *di Tozzi (postumo),* Dal naso al cielo *e* Donna Minna *(novelle),* Sagra del Signore della Nave, L'altro figlio, La Giara *(teatro) di Pirandello. Vengono pubblicati all'estero:* Il processo *di Kafka (postumo),* Albertine scomparsa *di Proust,* Una tragedia americana *di Dreiser,* L'armata a cavallo *di Babel,* Riso nero *di Anderson,* La testa *di Heinrich Mann,* I falsi monetari *di Gide.*	Giovanni Gentile ed altri sottoscrivono il Manifesto degli intellettuali fascisti; Benedetto Croce scrive il Manifesto antifascista. Il fascismo sta preparando la legislazione corporativistica affiancandosi alla linea reazionaria del grande padronato agrario e industriale.
1926	Tra giugno e luglio l'editore Treves gli rifiuta la ristampa di *Senilità.* Scrive *La madre, Una burla riuscita, Vino generoso, La novella del buon vecchio e della bella fanciulla.* Appare l'edizione francese della *Coscienza di Zeno.* Marzo: sua conferenza su Joyce al « Convegno » di Milano. Aprile: va in scena il suo atto unico *Terzetto spezzato,* a Ro-	*In Italia escono:* Uno, nessuno e centomila *e* Diana e la Tuda *di Pirandello,* Versi *di Rebora. All'estero escono:* Il castello *di Kafka (postumo),* Se il grano non muore *di Gide,* La paga del soldato *di Faulkner,* Il serpente piumato *di D. H. Lawrence,* I sette pilastri della saggezza *di Th. E. Lawrence,* Crepuscolario *di Neruda,* Spettatore *di Pasternak,* Capitale del do-	In Italia il sindaco viene sostituito dal podestà. Primi attentati a Mussolini. Per i reati politici viene ora contemplata dalla legislazione fascista, nel quadro dei provvedimenti eccezionali per la difesa dello Stato, la pena di morte.

	Vita di Svevo	Avvenimenti culturali	Avvenimenti storici
1926	ma, al teatro degli Indipendenti di A. G. Bragaglia. È festeggiato a Parigi dagli scrittori durante una serata in suo onore al « Pen Club» .	lore *di Eluard,* Disordine e dolore precoce *di Thomas Mann.*	
1927	Svevo scopre l'opera di Franz Kafka e se ne appassiona.	*In Italia escono:* Annalena Bilsini *della Deledda,* Minnie la candida *di Bontempelli. All'estero escono:* Il tempo ritrovato *di Proust,* Gita al faro *della Woolf,* America *di Kafka,* Diario *della Mansfield,* Poesie di un soldo *di Joyce,* L'anima primitiva *di Lévy-Bruhl,* Aspetti del romanzo *di E. M. Forster.*	La Carta del Lavoro viene emanata dal Gran Consiglio del Fascismo; nello stesso tempo vengono aboliti i partiti della opposizione. Il Partito Comunista Russo espelle un suo celebre membro: Trotzkij. Hitler elabora le teorie che troveranno negli anni seguenti tragica attuazione nel suo libro *Mein Kampf.*
1928	Inizia il suo quarto romanzo, *Il vecchione,* rimasto troncato dalla morte. 11-13 settembre: un incidente automobilistico a Motta di Livenza stronca la vita dello scrittore.	*In Italia escono:* La giara, Il viaggio, Candelora *(novelle) di Pirandello,* Gente di mare *di Comisso,* Preludio e fughe *di Saba,* Liquidazione *di Sbarbaro. All'estero escono:* Niente di nuovo sul fronte occidentale *di Remarque,* Punto contro punto *di Huxley,* L'amante di Lady Chatterly *di D. H. Lawrence,* Or-	Il governo fascista e la Santa Sede preparano il testo dei cosiddetti Patti Lateranensi, che verranno solennemente approvati un anno dopo. A Parigi sta per costituirsi il movimento antifascista « Giustizia e Libertà ». Crescenti difficoltà della economia degli Stati Uniti che sfoceranno nel clamoroso crollo

	Vita di Svevo	Avvenimenti culturali	Avvenimenti storici
1928		lando *della Woolf,* Vanda *di Hauptmann. Nasce il Circolo di Praga fondato da Trubeckoj e Jakobson. Questa scuola* l i n g u i s t i c a, *cui risale il termine di « struttura » applicata alla scienza linguistica, viene detta fonematica poiché si fonda appunto sul fonema ovvero su una unità fonologica insuscettibile di riduzione.*	della Borsa dell'anno seguente.

I

LA VITA

Con un editto imperiale del 1749 Maria Teresa d'Austria, largendo « privilegi e franchigie », fa del modesto portofranco triestino di Carlo VI un florido emporio. Inizia la fortuna economica della città giuliana. Una frotta di avventurieri, di spostati in cerca di riabilitazione o di promozione sociale, di mercanti, di trafficanti di molti o di pochi scrupoli, viene a inserirsi nel circolo tranquillo di un sangue patrizio chiuso a custodire gelosamente la vita periferica del proprio Comune ancora di tradizione romana, a sconvolgere le abitudini e i costumi di una casta legata soprattutto al proprio spirito di conservazione.

Trieste si trasforma cosí da cittadina aristocratica in città borghese, da scalo incolore in importante centro commerciale. Non mancano di contribuire alla metamorfosi gli avanzi di galera, i delinquenti comuni, la gente di malaffare: perché anche a questo sottobosco sociale il portofranco garantisce le sue franchigie. Si forma ben presto una comunità quanto mai eterogenea nelle sue matrici, ma organica sicuramente nell'obiettivo del lucro e del profitto mercantile.

Nelle didascalie delle carte topografiche compare la dizione orgogliosa di « Nova Città del Ceto Mercantile », nella quale convergono flussi migratori dall'Europa centrale e settentrionale, dall'Inghilterra e, piú massicci, dal Levante: particolarmente dalla Grecia. Anche lo spirito francese fa sentire la sua vivace presenza. In un libro meritorio Anita Pittoni parla di « quel primo gruppo di piú di mille aristocratici rifugiatisi a Trieste in seguito alla rivoluzione e provenienti dalla sfera degli enciclopedisti. Con la squisitezza e l'amabilità proprie di quel popolo, essi si fanno divulgatori di cultura pur iniziandosi alle fortune del commercio sotto nomi borghesi. Senza dire che i piú alti funzionari del governo di Vienna, italiani e tedeschi, sono degli appassionati cultori, non solo di belle donne, ma anche delle belle lettere francesi; e importanti epistolari viaggiano da Trieste a Vienna, e viceversa, redatti in una lingua impeccabile, un francese d'amatore ».[1] Rilievo, quest'ultimo, non inutile per intendere la continuità del rapporto che lega la cultura triestina alla cultura francese, e di cui il caso Svevo è l'esempio piú clamoroso.

Si stabilisce un clima cosmopolita, che comincia a fare della città giuliana quel « crogiuolo » di razze e di civiltà che ne compongono la *facies* contraddittoria e particolarissima, una sorta di ceppo a sé nel quadro geosociale, storico e culturale della penisola. Qualcuno nel '700 la chiamerà « Filadelfia d'Europa »:[2] definizione certamente meno retorica e mistificatrice di quelle che fino in tempi recenti l'hanno mortificata, da « città martire e italianissima » a « città redenta ». In realtà Trieste si identifica soprattutto nell'avveduta solidità della sua classe imprenditoriale e del suo ceto mercantile: in una borghesia cioè che per il suo spirito concreto, per il costume misurato e la mancanza di rischiosi esibizionismi, rammenta per piú versi il mo-

[1] Cfr. Anita Pittoni, *L'anima di Trieste*, Firenze, Vallecchi, 1968, pp. 23-24.

[2] Cfr. Lettera di C. A. de Moré, in Oscar De Incontrera, *Trieste e l'America (1782-1830)*, Trieste, 1961, pp. 99-101.

dello di quella borghesia anseatica di cui Thomas Mann ha fatto il ritratto nei *Buddenbrook*.

D'altro canto, Trieste è una città che sembra favorire l'indagine interiore. La riflessività, l'inclinazione diagnostica, il gusto sottile dell'analisi sono componenti non secondarie della natura del triestino, magari passate attraverso il filtro levantino e semita.

« A Trieste – scrive Anita Pittoni – il dottor Freud è stato sempre di casa; e andava a braccetto con il signor Ettore Schmitz prima di quel giorno del 1918, quando l'industriale triestino – che da piú di vent'anni aveva pubblicato (e ormai dimenticato) i suoi due primi romanzi – si trovò per caso tra le mani un libro dell'illustre scienziato viennese. »[3]

Ed è città laica, Trieste. Rispettosa delle scelte religiose che ciascuno ha deciso, tollerante delle varie credenze e dei vari culti, proprio in virtú delle origini che la comunità triestina ha avuto, degli incontri e scontri di nazionalità e di radici etniche, di mentalità e di lingue. Ma è bene aggiungere che il suo laicismo di fondo si è espresso, tra la fine del secolo scorso e gli inizi del nostro, in forme anche avanzate e fortemente sensibilizzate alla problematica sociale e politica. Trieste esprime il suo partito operaio negli anni del sacrificio di Oberdan. E fin dal suo sorgere, il « Partito dei socialisti italiani in Austria » si distingue per il suo intransigente spirito internazionalista. Carlo Ucekar e Valentino Pittoni ne furono i fondatori e i leader: ma non restarono estranei alle suggestioni del movimento gli intellettuali piú coscienti della loro condizione e del loro ruolo, come Scipio Slàtaper e i due fratelli Stuparich, pur non militando direttamente nel partito socialista. Della loro posizione nei confronti dei partiti è lo stesso Giani Stuparich a parlare, nella sua introduzione agli *Scritti politici* slàtaperiani. Ciò che egli scrive

[3] Cfr. Anita Pittoni, *op. cit.*, p. 21.

per lo Slàtaper può essere esteso ai migliori scrittori triestini della sua generazione, i quali avvertirono dolorosamente di attraversare una fase di crisi e di profondi rivolgimenti all'interno del mondo borghese che pure li aveva espressi e di cui essi rappresentavano la piú lucida coscienza: « Scipio Slàtaper non fu un uomo politico nel senso della politica attiva, non fu uomo di partito, ma ebbe sempre vivo il "problema politico" nel suo spirito ».

La consapevolezza attiva di questa crisi emerge in una delle *Lettere triestine* dell'autore del *Mio Carso*, pubblicate nel 1909 nella « Voce » di Prezzolini: « Trieste... Ma dove la vita è uno strazio cosí terribile di forze opposte e aneliti fiaccantisi e crudeli lotte e abbandoni?... Questa è Trieste. Composta di tragedia. Qualche cosa che ottiene col sacrificio della vita limpida una sua originalità d'affanno. Bisogna sacrificare la pace per esprimerla. Ma esprimerla... Trieste ha un tipo triestino: deve volere un'arte triestina. Che ricrei con la gioia dell'espressione chiara questa convulsa e affannosa vita nostra ».[4] Dove, pur secondo un'ottica neoromantica, è colto il segno di quello « strazio », di quelle « forze opposte », di quelle « crudeli lotte », che compongono in termini socioeconomici la dinamica di un capitalismo mercantile che, in forme piú esplicite del capitalismo industriale, si esprime con la concorrenza spietata, con lo scontro economico diretto, con l'etica del profitto priva di qualsiasi schermo: insomma, con la legge del piú forte.

È nei romanzi di Svevo che questa dinamica viene fuori in tutta la sua violenza, immediata e mediata, sia come battaglia per la sopravvivenza in un mondo di ferro dove non è permesso « sbagliare », sia come crisi contraddittoria e crollo della sovrastruttura, cioè dei

[4] *Lettere triestine - La vita dello spirito*, in *Scritti politici*, Milano, Mondadori, 1954, pp. 45-46.

valori che avevano presieduto fino alla generazione precedente all'assetto spirituale della borghesia in generale, e della borghesia triestina in particolare. Che era poi l'altra faccia dell'assetto economico che questa classe di imprenditori e di commercianti si era dato, una volta superata la fase avventurosa dell'espansione disorganica e della conquista rapinosa dei mercati. Occorrono oramai strumenti piú adeguati alla nuova realtà, organizzazione ed efficienza, istituti finanziari e ossature industriali capaci di dare autonomia alla massa di attività che hanno centro in Trieste e che attorno a lei gravitano: ed ecco nascere in pochi anni i luoghi sacri al lavoro e i luoghi sacri al riposo e al prestigio: nel 1836 il Lloyd, tra il 1840 e il 1857 il Cantiere di San Marco, l'Arsenale, lo Stabilimento tecnico, il Teatro Grande, il Palazzo della Borsa, il Tergesteo. Attorno ad essi s'intensificano i traffici, si moltiplicano le società assicuratrici, le case di commercio, le ditte spedizioniere, i grandi magazzini colmi di merce che fanno l'orgoglio dell'attivo borghese triestino: al punto che « senti che le merci sono le *signore* della città, le bene amate »[5] in una topografia in cui « tutto è funzionale. Il palazzo del negoziante è la sede della piccola comunità nella grande comunità cittadina ».[6]

La fisionomia di questa architettura è fondamentalmente neoclassica. Che può riuscire di linea purissima e elegante, come il grande palazzo di fronte al mare del greco Demetrio Carciotti; e piú pesante e ingenuamente fastosa, come quello del veneziano Pasquale Revoltella. Alcuni di questi grossi negozianti si fanno volentieri mecenati. È appunto al lascito del Revoltella che si deve la fondazione di una Scuola Superiore di Commercio della quale egli stesso redige il programma di studi, e in cui insegnarono Italo Svevo e James

[5] Anita Pittoni, *op. cit.*, p. 40.
[6] Ibidem.

Joyce. Allo studioso Domenico Rossetti, di cospicua famiglia mercantile, la città deve l'arricchimento della Biblioteca Civica (la stessa dove il giovane Schmitz e i personaggi lacerati di Italo Svevo passeranno tante ore) grazie al dono della sua preziosa biblioteca privata. Né estranei all'incremento dei beni culturali restano gli armatori-banchieri del Lloyd: il maggior editore triestino fu appunto il Lloyd, la cui operazione piú notevole nel campo delle lettere resta la collana dei classici italiani. Tutto ciò prima della « redenzione » che, come scrive la Pittoni, « cambiò molte cose »,[7] e non sempre in meglio.

Il porto adriatico che aveva visto in passato gli intrighi e le mene di corridoio delle potenze europee come dell'Oriente ottomano, strette come in un mazzo nei palazzi consolari di Cittavecchia; che fin dal 1832 aveva chiesto protezione all'Austria contro l'imperialismo veneziano che minacciava l'autonomia del suo Comune di tradizione romana; che aveva spiccato il volo verso la supremazia commerciale divenendo il prezioso emporio dell'Impero, mentre le fortune della Serenissima declinavano e con lei si spegneva la vita di Istria e Dalmazia sue pupille; ora, nella seconda metà del secolo XIX, parallelamente al lento disfacimento dell'arcaico Impero Absburgico, avverte sempre piú fortemente i legami culturali e civili col resto della penisola, pur nell'imperversare di una retorica patriottica che alla cosiddetta « triestinità » ha fatto piú male che bene.

La linea piú consapevole della civiltà triestina, e piú in generale giuliano-istriana, ha battuto altre strade: quelle dell'utilizzazione della propria matrice mitteleuropea posta in rapporto dialettico con la cultura nazionale, rinunciando a rumorosi velleitarismi nazionalistici e prendendo atto, senza rifiutarla per darsi una

[7] Cfr. Anita Pittoni, *op. cit.*, p. 54.

paternità artificiosa e su misura, della condizione storica, spirituale e morale nonché geografica della città, vero « punto d'incontro, e di scontro, di civiltà », come dice il Maier.[8]

In proposito, è utile considerare questa felice analisi di Umberto Saba, che coglie con precisione, oltre che il colore psicologico, la sua « aria tormentosa » e la « scontrosa grazia », la realtà socioculturale di Trieste: « Trieste è sempre stata un crogiuolo di razze. La città fu popolata da genti diverse: Italiani nativi della città, Slavi nativi del territorio, Tedeschi, Ebrei, Greci, Levantini, Turchi col fez rosso in testa e non so quante altre. Nacque, come città moderna, dall'istituzione del portofranco, sugli scorci del secolo XVIII. Favorito da questa e da altre contingenze, il suo sviluppo fu, agli inizi, cosí rapido che si può paragonarlo a quello di cui sofferse, circa negli stessi anni, Nuova York. Poi – non avendo dietro di sé l'immensa America – rallentò e si arrestò... Su questo trafficante amalgama di persone cosí etnicamente diverse (vi sono, oggi ancora, triestini che hanno nel sangue dieci dodici sangui diversi; ed è questa una delle ragioni della "nevrosi" particolare ai suoi abitanti) la lingua e la cultura italiana fecero da cemento; s'imposero per un processo affatto spontaneo. Nessuno poteva, né può oggi, vivere e commerciare a Trieste senza conoscere l'italiano. Ma lingua e cultura a parte, Trieste fu sempre, per ragioni di "storia naturale" dalle quali le città come gli individui non possono evadere, una città cosmopolita. Era questo il suo pericolo, ma anche il suo fascino ».[9]

Come del resto corretto appare il discorso di Enzo Bettiza a proposito di uno « sdoppiamento dell'anima

[8] Cfr. Bruno Maier, *La letteratura triestina del Novecento*, in *Scrittori triestini del Novecento*, Trieste, Lint, 1968, p. 8.

[9] Umberto Saba, *Inferno e paradiso di Trieste*, in *Prose*, a cura di Linuccia Saba, pref. di Guido Piovene, nota critica di A. Marcovecchio, Milano, Mondadori, 1964, pp. 818-19.

di Trieste ottocentesca in una componente commerciale, legata al retroterra absburgico, e in una componente nazionale sempre piú passionalmente vincolata alla penisola italiana ».[10]

Le due anime di Trieste disegnano una loro complessa geografia spirituale, perfino drammaticamente lacerata, ma è comunque certo che la civiltà e in particolare la letteratura triestina elaborano in profondo, tra la metà del secolo XIX e i primi decenni del secolo XX, una serie di materiali di ricerca e di punti di vista decisamente eccentrici rispetto a quelli coevi della cultura nazionale, e che filtrano un flusso sotterraneo di simpatie e di parentele con l'esperienza spirituale dell'Europa centrale, Vienna e Praga in funzione di riferimenti di base.

Cosicché Trieste viene ad inscriversi in un quadro contraddittorio e inquietante dal punto di vista del processo culturale e del discorso letterario. In questo senso si può dire che c'è una specie di « fatale complicità mentale piú vincolante delle appariscenti divisioni per lingua, nazionalità e ideologia »,[11] che accomuna la Trieste di Svevo alla Zagabria di Krleža, alla Vienna di Musil, alla Praga di Kafka, alla Budapest di Lukács. Ed è in questo senso che Trieste funge da crocicchio di proposte e di esperienze diverse, spesso rilevanti per la cultura moderna. Allo sbocco mediterraneo del mondo austriaco, partecipe di quella civiltà centroeuropea che vedeva sgretolarsi sempre di piú il proprio potere di sintesi e di coordinazione, satura di quella cultura germanica che dopo la prodigiosa stagione romantica inclinava a soluzioni coatte, disperate e suicide, mentre l'individualismo borghese di tipo prometeico ottocentesco si gonfia in imperialismo con pretese

[10] Cfr. Enzo Bettiza, *Mito e realtà di Trieste*, Milano, All'insegna del pesce d'oro, 1966, p. 24.

[11] Enzo Bettiza, *op. cit.*, p. 44.

planetarie e la sua scala etica si degrada sempre piú fino a scoprire brutalmente la sua vecchia e mistificata natura di strumento del dominio di classe, Trieste è il centro in cui si vengono ripercuotendo gli echi della crisi.

È in questa città che il 19 dicembre 1861 nasce Ettore Schmitz, quinto di otto figli, da Francesco Schmitz e da Allegra Moravia, oriunda di San Daniele del Friuli. La famiglia di cui fanno parte, oltre ai genitori, i figli Paola, Natalia, Noemi, Adolfo, Ettore, Elio, Ortensia e Ottavio, viveva in una vasta e bella casa patriarcale in Corsia Stadion, dove gli Schmitz, al dire di Livia Veneziani Svevo, « erano rimasti raggruppati anche dopo la rovina finanziaria del padre, già provetto e agiato commerciante ».[12]

Il dissesto della famiglia Schmitz fu dovuto a un cattivo affare del padre: l'acquisto di una vetreria in Austria. Francesco Schmitz, malgrado fosse figlio del funzionario imperiale austriaco Adolfo Schmitz, oriundo della Renania, si sentiva italiano. E italiano era per metà: da parte della madre Rosa Macerata, trevigiana, sposata dal padre nella città in cui risiedeva per ragioni di ufficio.

Commerciante di razza, il suo progetto era di fare dei figli esperti uomini di affari. Adottò quindi un tipo di educazione piuttosto rigida, temperata dalla dolcezza della moglie Allegra verso i bambini, la cui infanzia trascorse serena, in un clima di cameratismo affettuoso: una sorta di piccola società intelligente, ricca di iniziative e di continue trovate. « Avevano creato persino un giornale tutto scritto a mano, e ciascuno dei fratelli ne redigeva una parte. Tutti gli avvenimenti domestici vi erano annotati e spesso commentati con molto umorismo. »[13]

[12] Cfr. Livia Veneziani Svevo, *Vita di mio marito*, Trieste, Ediz. dello Zibaldone, 1958, pp. 11-12.

[13] Ibidem, p. 15.

La gaia comunità venne bruscamente a spezzarsi. A dodici anni Ettore dovette partire per il collegio di Segnitz presso Würzburg insieme ad Adolfo ed Elio, per apprendere correttamente il tedesco. La convinzione del padre, infatti, era che a Trieste fosse necessario a un buon commerciante conoscere due lingue: e dal momento che la strada cui intendeva indirizzare i figli era quella della carriera degli affari, la sua scelta era caduta su una scuola a indirizzo prevalentemente commerciale. Annota Livia Veneziani in *Vita di mio marito*: « "I figli non diventano bravi uomini sotto gli occhi dei genitori" era la massima di questo padre rigoroso ».[14]

Cominciò cosí una nuova vita per i tre ragazzi nella regione del Meno, in un clima e in un ambiente scostanti, sottoposti a una disciplina severa alla quale il sensibilissimo Elio non resse. Nonostante gli incoraggiamenti del protettivo fratello, dopo qualche mese il ragazzo rientrò a casa. Alla nuova difficile esperienza Ettore al contrario resistette senza traumi, apprese in poco tempo la lingua ed ebbe modo di esplicare le qualità piú vere del suo temperamento, arrivando a formare tra i compagni un circolo intellettuale che riscosse la benevola approvazione di molti insegnanti. Di questo periodo di primo fervore spirituale, ci informa Livia Veneziani, « è rimasta traccia in una breve tesi filosofica scritta in tedesco, in opposizione a quella di un condiscepolo, certo Bratter ».[15]

Ettore mostra fin d'ora una tumultuosa avidità di letture, affrontando con entusiastico impegno i classici tedeschi, l'umorista Jean Paul Richter, le opere di Turgenev e Shakespeare. È questa la preistoria della sua formazione,[16] i primi semi della quale non andranno

[14] Ibidem, p. 16.
[15] Ibidem, p. 17.
[16] A questo proposito, indispensabile è lo studio di Giacinto Spagnoletti *La giovinezza e la formazione letteraria di Italo Svevo*, « Studi Urbinati », n. 2 (1953).

perduti per la crescita successiva del suo assetto culturale, costituendo anzi una felice contraddizione nella sua volontà di inserimento a pieno diritto nel quadro della tradizione letteraria italiana.

L'adolescenza trascorse cosí tra gli studi di collegio e brevi ed intense vacanze nella casa di Trieste. Ettore avvertiva sempre piú prepotente la vocazione letteraria. In questo periodo Schiller, Goethe e Shakespeare sono i cardini del suo mondo intellettuale. Elio, che fu il primo biografo del fratello, scrive nel suo diario: « Io vedevo con dispiacere che si appassionava tanto alla letteratura tedesca da lasciare in disparte la letteratura italiana e gli dissi di leggere un po' Dante e Petrarca che valevano i tedeschi. Mi rise in faccia: "Schiller è il piú grande genio del mondo" ».[17]

Sono elementi significativi per intendere la prima genesi della formazione intellettuale (e stilistica) del futuro scrittore, in cui compaiono fin dall'inizio almeno due elementi: quello oggettivo dell'assimilazione di una cultura soprattutto germanica, di una lingua e di una *forma mentis* di matrice centroeuropea; e quello soggettivo, della scelta fino a un certo punto inconsapevole di strumenti di conoscenza e di cultura « laterali » rispetto alle linee che per secoli hanno costituito il modello del letterato italiano.

A diciotto anni, compiuti gli studi, Ettore lasciò la Germania e il collegio, tornando a Trieste per frequentare senza entusiasmo l'Istituto Superiore Commerciale Revoltella. In quest'epoca la confidenza col fratello Elio diventa sempre piú intima ed esclusiva. Nasce in lui il cruccio che lo travaglierà per tutta la vita, anche negli anni del riconoscimento e del successo, di non dominare perfettamente l'italiano, sia per l'istruzione ricevuta in una scuola straniera, sia per la continua abi-

[17] Cfr. il cit. *Vita di mio marito*, p. 18.

tudine al dialetto, usato nel parlare familiare anche dalle classi colte triestine.

Rivela Livia Veneziani che Ettore coltivava un progetto che sapeva totalmente opposto alle mire e alla mentalità del vecchio Schmitz, del tutto aliena dalla letteratura: « quello di convincere il padre a mandarlo per qualche anno a studiare a Firenze per apprendere la lingua dalle vive fonti ».[18] È il periodo dei primi e incerti tentativi letterari, sottoposti invariabilmente al giudizio e allo sprone di Elio, soprattutto abbozzi di commedie destinati a rimanere tali, o a interrompersi dopo la stesura di qualche scena (*Ariosto governatore, Il primo amore*, entrambi del 1880).

È da dire che l'entusiasmo per il teatro era comune a tutta la giovane generazione triestina dell'epoca. Ettore aveva per qualche tempo pensato a una possibile carriera di attore, sottoponendosi a continui esercizi di dizione per « conquistare la *erre* »;[19] ma ben presto l'amara realtà del fallimento dell'azienda paterna troncò le sue speranze. Fu un colpo che portò Francesco Schmitz a invecchiare precocemente, e lo rese incapace di risollevare i suoi affari irrimediabilmente compromessi. La repentina caduta in uno stato economicamente precario incise naturalmente sull'atmosfera già cosí festosa e accogliente della casa di Corsia Stadion. Aboliti i ricevimenti periodici, saltata la dote di diecimila fiorini per le sorelle, giunge ben presto anche la rinuncia a partecipare alla vita elegante della ricca società triestina, con palco a teatro e passeggiata in carrozza al Boschetto. Anche il sogno fiorentino di Ettore va in frantumi. Ora egli deve pensare ad aiutare la famiglia in dissesto ed è costretto a cercarsi un impiego. Lo rattrista crudelmente la visione continua del decadimento paterno: elemento questo che tornerà, spe-

[18] Ibidem, p. 19.
[19] Ibidem, p. 20.

cie nel suo libro maggiore, con una profondità estenuata e partecipe e una fermezza rappresentativa forti del tempo e dell'esperienza trascorsi. L'uomo avvilito che ora ha di fronte non risponde piú alla figura energica e piena di acume che aveva tanto ammirato.

Il giovane è costretto ad accantonare le sue ambizioni letterarie, almeno per il momento. Ma ben presto l'urgenza della vocazione tornerà irresistibile. Ne è prova l'inizio di un nuovo lavoro teatrale dal titolo *I due poeti*. L'interesse per il teatro continua a impegnare l'aspirante scrittore. Venuto il momento del servizio militare e costretto a trascurare l'impiego per frequentare il corso preparatorio all'esame di « volontario » (obbligatorio per gli studenti dell'Impero), cercava di strappare tutti i possibili ritagli di tempo per dedicarsi alle sue commedie.

In data 27 settembre 1880 Elio annota nel suo diario: « Oggi Ettore entrò alla banca e si trovò molto contento ».

Comincia per il futuro scrittore la vita metodica del piccolo impiegato, con l'occupazione di un posto di corrispondente presso la succursale triestina della Banca Union di Vienna, dove rimase per diciott'anni. L'esperienza bancaria fluirà, sorda e monotona, eppure rotta da sussulti drammatici, nelle pagine del suo primo romanzo: *Una vita*, che vedrà la luce nel 1892. È preziosa, in proposito, la testimonianza di Livia Veneziani: « Esteriormente sembrava un impiegato diligente, puntuale e coscienzioso, ma parallela alla sua vita esteriore c'era una vita segreta in cui lo spirito si travagliava e si ricercava. "Egli è – scriveva Elio – apatico in apparenza, giacché la maggior vita la trova nella sua mente e in se stesso." Ed era vero: della parte piú profonda della sua vita ben poco trapelava anche in famiglia, ma la sua brama di conoscere non si placava con il lavoro. Nonostante il severo divieto paterno vegliava intere notti sui libri.

Tutti i ritagli di tempo, tutte le ore libere erano per lo studio. Egli sentiva la mancanza di una cultura letteraria, voleva riordinare le conoscenze caotiche, riempire le lacune, avvicinarsi soprattutto alla tradizione letteraria italiana. Passava le ore della sera nella tranquilla saletta della Biblioteca Civica, ricca di tutte le opere classiche. Alternava il Machiavelli e il Boccaccio al Guicciardini. Il De Sanctis gli era di guida, ma nelle letture Ettore non seguiva un metodo: si abbandonava piuttosto ai suoi gusti e forse anche al capriccio. Ammirava in modo particolare Giosue Carducci, idolo degli irredenti, mentre trascurò il Manzoni, della qual cosa si pentí piú tardi amaramente. Ma se questi erano i testi di studio che egli si imponeva, le sue tendenze lo portavano verso i narratori dell'800. Sempre piú attratto dal romanzo, lasciò i classici tedeschi per la narrativa francese, interessandosi ai naturalisti. Divorò Flaubert, Daudet; Zola era allora il suo dio. Si appassionò alla lettura di Balzac e si soffermò lungamente su Renan. Questi scrittori erano i compagni delle sue sere e delle sue notti. Di giorno sbrigava diligentemente il lavoro di corrispondenza commerciale, si adeguava ai colleghi d'ufficio trattandoli con cortesia cordiale, ma inconsapevolmente già traeva dalla vita della banca la materia per il futuro romanzo. Molte cartelle ebbe a riempire nelle ore di sosta, in quell'ambiente che egli popolava dei suoi fantasmi ».[20]

Al contempo, Ettore frequentava il « Circolo musicale » e il « Circolo artistico », ritrovo di un gruppo di pittori di varia tendenza; non immemore di aver iniziato da ragazzo lo studio del violino, il giovane Schmitz riempie con lo strumento i suoi momenti di abbandono.

Trieste costituiva all'epoca una piccola provincia culturale, tagliata fuori dalla madrepatria e quindi de-

[20] Ibidem, pp. 22-23.

stinata ad esaurirsi in se stessa, tutta concentrata nel culto attardato della civiltà romana e veneta e nella difesa del patrimonio nazionale, in una prospettiva alquanto limitata. I centri culturali piú rappresentativi della città erano il salotto letterario della poetessa Elisa Tagliapietra-Cambon, la società di studi « Minerva » e la redazione del giornale « L'Indipendente », vessillifero dell'irredentismo giuliano, palestra delle migliori penne triestine, da Attilio Hortis a Cesare Rossi, da Giuseppe Caprin a Riccardo Zampieri a Riccardo Pitteri al giovane Silvio Benco. Il foglio andava incontro, quasi ad ogni numero, ai rigori della censura austriaca. Questo non poteva che fungere da pungolo al desiderio di Ettore a collaborarvi. E difatti il 2 dicembre 1880 vi compare il suo primo articolo, con lo pseudonimo di E. Samigli, nome che piú tardi ritroveremo nel protagonista della novella *Una burla riuscita.* Entusiastico ammiratore di Wagner, Ettore Schmitz è il primo a sostenere dalle colonne del giornale l'estetica wagneriana.

Gli scritti critici e saggistici mostrano il ventaglio notevolmente aperto dei suoi interessi culturali, ma il romanzo resta il suo obiettivo piú vero.

Apparentemente ordinata entro tranquilli binari borghesi (« di giorno la banca, la passeggiata al Corso di sera, la biblioteca, la sosta al caffè; di notte la redazione del giornale, e le pause delle domeniche con il tuffo al mare o le passeggiate in bicicletta sull'altopiano carsico », secondo la testimonianza della moglie in *Vita di mio marito*, cit., p. 25), la sua vita soffre in realtà di uno scollamento schizofrenico, sdoppiata com'è tra la frustrazione quotidiana per procurarsi il necessario per vivere, e le sue aspirazioni artistiche.

Il fratello Elio, l'unico della famiglia che crede nell'ingegno di Ettore, non cessa di spronarlo e di stigmatizzare la sua volubilità che lo fa passare troppo rapidamente da un progetto letterario all'altro: e che in realtà, è dovuta soprattutto alla carenza di un centro di sintesi psicologica e culturale, che il giovane scrittore si sta lentamente conquistando. Si sta anche modificando il suo panorama letterario, e si definiscono certe sue simpatie che non rimarranno estranee al primo romanzo, sul piano di un'influenza tutto sommato esterna e orecchiata. Ce ne fa fede una nota di diario di Elio, datata 12 maggio 1881: « Ettore fa... nulla: legge, studia sempre, ed è sempre piú fermo nell'idea di studiare e scrivere. Vive sognando commedie e lavori ora drammatici, ora romantici, che sulla carta non vengono mai a compimento. Ha ora cambiato alquanto partito in arte. È verista. Zola lo ha riconfermato nell'idea che lo scopo della commedia e l'interesse devono essere i caratteri e non l'azione. Tutto deve essere vero ».

È questo uno degli ultimi accenni di Elio al lavoro del fratello. D'ora in poi il suo diario non sarà altro che la registrazione dolente dei progressi della sua malattia, quella nefrite che, malgrado il viaggio al Cairo compiuto nella vana speranza di rimettersi, lo porterà alla tomba, appena ventitreenne, nel settembre del 1886, dopo una terribile agonia durata tre anni.

Per Ettore la scomparsa del fratello prediletto rappresenta una tragedia. Ma non era che l'inizio di un calvario che la famiglia Schmitz dovette sostenere, e che colpí Noemi per prima, morta d'infezione puerperale lasciando una bambina destinata anch'essa a morte precocissima; Natalia dava alla luce due figli sordomuti; Ortensia scomparve giovanissima nel 1897, vittima di una malattia fulminea, lasciando un bambino di un anno, Umbertino. Paola era malmaritata. Le sventure familiari lasceranno un solco di incancellabile amarezza nell'animo di Ettore. Si andava impadronendo di lui, tra l'altro, la sfiducia nelle sue qualità di scrittore e la preoccupazione per la propria salute, temi che torneranno con una presenza preponderante nelle opere narrative piú importanti, e particolarmente nella *Coscienza di Zeno.*

Scrive la moglie: « La preoccupazione della malattia, cresciuta con gli anni, già lo turbava. Temeva forse eccessivamente per i suoi polmoni e non riusciva ad abbandonare il vizio del fumo. Dopo la morte del fratello il senso della solitudine interiore aumentava sempre piú ».[21]

L'esordio narrativo di Ettore è segnato dal lungo racconto apparso nel 1890 ne « L'Indipendente »: *L'assassinio di Via Belpoggio.* Ma il libro tanto atteso da Elio comparve sei anni dopo la sua morte: nel 1892, presso il piccolo editore triestino Vram, in mille esemplari e a spese dell'autore, esce *Una vita,* dopo che l'editore Treves aveva rifiutato il manoscritto che recava il titolo, già sveviano, di *Un inetto.* Scartato lo pseudonimo di Samigli, Ettore aveva scelto quello di Italo Svevo. Lo stesso scrittore cosí ne chiarisce i motivi nel *Profilo autobiografico*:

> « Per comprendere la ragione di uno pseudonimo che sembra voler affratellare la razza italiana e quella germanica, bisogna aver presente la funzione che da quasi due secoli va compiendo Trieste alla Porta Orientale d'Italia: funzione di crogiolo assimilatore degli elementi eterogenei che il commercio e anche la dominazione straniera attirarono nella vecchia città latina. Il nonno d'Italo Svevo era stato un funzionario imperiale a Treviso, dove sposò un'italiana. Il padre suo, perciò, essendo vissuto a Trieste, si considerò italiano, e sposò un'italiana da cui ebbe quattro figliole e quattro maschi. Al suo pseudonimo "Italo Svevo" fu indotto non dal suo lontano antenato tedesco,

[21] Ibidem, p. 29.

ma dal suo prolungato soggiorno in Germania nell'adolescenza ».[22]

Il libro cadde nella pressoché totale indifferenza. Ettore ricevette una lettera di lode del poeta tedesco Paul Heyse. Apparve quindi una recensione di Domenico Oliva sul « Corriere della Sera » dell'11 dicembre 1892, che indusse il giovane autore a speranze purtroppo sproporzionate; alcuni articoli della stampa triestina; poi il silenzio. « L'edizione – scrive la Livia Veneziani in *Vita di mio marito* – si esaurí piú per i doni agli amici che per gli acquisti del pubblico. L'insuccesso chiuse Ettore nello sconforto. I rimproveri dei pochi critici per la povertà della lingua lo ferivano crudelmente. Avrebbe voluto abbandonare l'impiego mal retribuito, andare a Firenze per rifare la sua educazione linguistica e letteraria, ma l'insuccesso frustrava i suoi sogni, ribadiva la catena e aumentava la sfiducia in se stesso. »[23]

Questo cerchio di isolamento e di chiusura fu rotto verso il 1890 dall'incontro col giovane pittore triestino Umberto Veruda, da cui ben presto scaturirà una fraterna amicizia. Alcuni tratti psicologici e comportamentali dell'amico daranno spunto alla costruzione della figura dello scultore Balli, irruente, bizzarro e pieno di carica vitale, che in *Senilità* (1898) fa da contraltare all'opaca inerzia del protagonista Emilio Brentani. L'amicizia tra Schmitz e Veruda seguí alterne vicende di raffreddamenti e di affettuosi ritorni, fino alla morte del pittore appena trentaseienne, avvenuta nel 1904.

Per la seconda volta Ettore si sentí smarrito. Aveva di nuovo perduto il fratello spirituale, il confidente, il sodale su cui contare totalmente nei momenti difficili. Nell'ottobre del 1904 Ettore organizzò una mostra dell'intera produzione del Veruda e, erede della stessa,

[22] Cfr. Italo Svevo, *Profilo autobiografico*, oggi in appendice a *Vita di mio marito*, cit., p. 210.
[23] *Vita di mio marito*, cit., p. 32.

dispose per testamento che essa non fosse smembrata. In una lettera del 14 giugno 1928 al critico Emerico Schiffrer, Italo Svevo scrive che il Veruda « era [...] differente del tutto da quel sicuro e poco artistico Balli »,[24] aggiungendo che « al Balli egli certo somigliava in qualche cosa che il Benco tanto bene espresse: la grande lealtà, ma anche una certa indifferenza per le cose di questo mondo quando non sono belle ».[25]

Il 20 dicembre 1895 il trentaquattrenne Ettore Schmitz si fidanza con la cugina Livia Veneziani, di tredici anni piú giovane. Nel rapporto lo scrittore deluso s'impegna a fondo ed esige dalla partner un pari impegno, fino a rischiare di apparire morbosamente geloso. Di questa situazione danno testimonianza le lettere e il *Diario per la fidanzata* (1896), che durò fino alla vigilia del matrimonio. Cosí, l'uomo che per sua confessione « si credeva addirittura l'ultimo prodotto della fermentazione di un secolo »,[26] attinge dall'amore per la bella cugina intatte riserve di energia spirituale, protesta di non meritare tanta fortuna, di non trovarsi preparato a realizzare un « sogno puro! Tanto puro! Ne ho spavento! Tanto puro che talvolta dubito veramente che si tratti d'amore perché io l'amore l'ho conosciuto con tutt'altra fisionomia ».[27]

L'amore e la « gelosia » per la moglie che, nella *Coscienza di Zeno*, ironizzati e oggettivati, funzioneranno come elementi di contrappunto al fitto tessuto di inganni psicologici che avvolge i personaggi, rimarranno una costante che accompagnerà Schmitz per tutta la vita, al punto che, come scrive Livia Veneziani, « l'idea di essere cancellato dopo la morte da un secondo ma-

[24] Cfr. Lettera a E. Schiffrer del 14-6-1928, riportata in *Vita di mio marito*, cit., p. 36.

[25] Ibidem, p. 36.

[26] Cfr. Lettera alla fidanzata del 23-12-1895, in Italo Svevo, *Epistolario*, a cura di B. Maier, Milano, dall'Oglio, 1966, p. 39.

[27] Ibidem.

trimonio non lo lasciò piú. Anche negli anni della nostra cara convivenza vi ritornava insistentemente. Ebbe sempre viva la gelosia postuma verso un presunto rivale e ne scrisse persino un bozzetto umoristico ».[28]

Il matrimonio fu celebrato il 30 luglio 1896. Durante il viaggio di nozze lo scrittore lesse alla moglie i primi tre capitoli di *Senilità*. La composizione del romanzo durante questo periodo di viva felicità sta a dimostrare che la nuova, esaltante esperienza matrimoniale non aveva modificato in profondità l'amara visione del mondo dello scrittore.

La coppia si stabilisce in un quartierino al secondo piano di villa Veneziani, che il padre di Livia aveva voluto costruire accanto alla fabbrica di vernici sottomarine, già allora in florida espansione. Questa dimora della ricca borghesia triestina fu per trentadue anni « la casa, l'ambiente e il campo di lavoro di Ettore Schmitz-Svevo ».[29]

La vita di Ettore continua regolata da rigidi orari, tra la banca e la tranquillità domestica. Aveva abbandonato il lavoro notturno a « Il Piccolo », ma continuava a insegnare corrispondenza commerciale francese e tedesca all'Istituto Revoltella, futura Università. Malgrado dichiarasse alla moglie di non voler essere « una macchina da zecca », era costretto ad accollarsi una quantità di lavoro piuttosto pesante per aiutare il fratello Adolfo, titolare della ditta Schmitz, caduto in difficoltà finanziarie.

Nel 1898 uscí ancora a sue spese presso l'editore Vram *Senilità*. Al secondo romanzo toccò una fortuna ancora inferiore a quella di *Una vita*. Né il « Corriere della Sera » né « Il Piccolo » si degnarono di recensirlo. Una critica sostanzialmente positiva venne da Silvio Benco, allora agli inizi di carriera, su « L'Indipen-

[28] Cfr. *Vita di mio marito*, cit., p. 42.
[29] Ibidem, p. 45.

dente »,[30] che aveva ospitato a puntate il libro. Seguirono altre recensioni di vario tenore su quotidiani minori, ma in tutti i casi neppure il secondo libro riuscí a superare il muro d'incomprensione che aveva congelato sei anni prima *Una vita* nel ristretto ambiente triestino. Si fece vivo, ancora una volta, criticamente a sproposito, il solito Paul Heyse, con una lettera di un moralismo acrimonioso.

Il silenzio della critica e l'indifferenza del pubblico scossero in profondità lo scrittore. Cominciava il suo cruccio di grande incompreso, controllato sempre ammirevolmente, con equilibrio e fermezza, e che fin da allora egli tendeva a minimizzare dicendo che « scrivere a questo mondo bisogna, ma pubblicare non occorre ».

Il distacco ufficiale dalla letteratura porta praticamente questa data, che coincide anche con la nascita dello Svevo maggiore, un travaglio dalla gestazione ventennale da cui verrà alla luce *La coscienza di Zeno* (1923). Ma è chiaro che questo silenzio è stato riempito dalla continua riflessione e dal continuo esercizio, pratica applicazione della massima sconsolata che abbiamo citato poco sopra: frasi e spunti affidati a foglietti volanti, annotazioni di pensieri e di sensazioni, rapidi giudizi, elementi dispersi dei solidi materiali che verranno poi utilizzati nella costruzione del capolavoro.

Il 20 settembre 1897 era nata la figlia Letizia, accolta con gioia luminosa. Nel 1899 si assiste a una svolta decisiva nella vita di Ettore Schmitz, che abbandona la banca ed entra nella ditta Veneziani. È l'indipendenza economica, la liberazione da un ritmo di lavoro che aveva toccato punte ossessive. D'ora in poi allo scrittore viene sempre piú a sovrapporsi l'industriale. Un appunto di diario del dicembre 1902, sotto l'apparente rinuncia al lavoro creativo, cela in realtà una decisione

[30] In data 12 ottobre 1898.

di approfondimento e di analisi che sono già dello Svevo maggiore:

> « Io, a quest'ora e definitivamente, ho eliminato dalla mia vita quella ridicola e dannosa cosa che si chiama letteratura. Io voglio soltanto attraverso queste pagine arrivare a capirmi meglio ».[31]

Che non si riduce soltanto a una dichiarazione di poetica « analitica », ma al rifiuto consapevole della mistificazione di tanta pratica letteraria: ciò che rende il giudizio lucidamente contemporaneo, in tempi in cui la letteratura viene messa in discussione come istituto che riproduce se stesso, e come veicolo di trasmissione dell'ideologia del consenso a una società ingiusta e divisa.

La « salvezza » dalla letteratura la trovò dedicandosi assiduamente al violino e nei frequenti viaggi in Italia e all'estero, Austria, Francia e Inghilterra, dove la ditta del suocero aveva un vasto raggio di affari. I risultati di queste esperienze restarono per il momento confinati alle lettere ai familiari e agli amici, ma vi si registra il segno di una nuova maturità nell'approccio con la complessa problematica del reale nei suoi aspetti piú vari, dal costume alla cultura alla politica, il segno insomma di quella « coscienza » che sta crescendo dentro di lui.

Nel 1903 capitò a Trieste da Dublino James Joyce il quale, dopo aver insegnato per qualche tempo alla Berlitz School, viveva dando lezioni private d'inglese, e in breve tempo era diventato l'insegnante di moda presso la ricca borghesia triestina. Per approfondire la sua precaria conoscenza dell'inglese, Ettore Schmitz si rivolse allo scrittore irlandese. L'amicizia tra i due fu immediata: Joyce dichiarò allo sconvolto allievo, dopo

[31] Cfr. Italo Svevo, *Saggi e pagine sparse*, Milano, Mondadori, 1954, p. 289.

averne letto i libri, che l'autore di *Senilità* era l'unico scrittore italiano contemporaneo che riuscisse ad interessarlo.

Lo stesso Svevo cosí parla della sua amicizia con lo scrittore irlandese:

> « Intorno al 1906 [Ettore Schmitz] sentí il bisogno per i suoi affari di perfezionarsi nella lingua inglese. Prese perciò alcune lezioni dal professore piú noto che ci fosse a Trieste: James Joyce. James Joyce già allora si trovava in condizioni letterarie un po' (ma non molto) migliori di quelle dello Svevo. Molto migliori in quanto a stato d'animo: il Joyce si sentiva in pieno rigoglioso sviluppo mentre lo Svevo s'accaniva ad impedire il proprio. Era persino riluttante a parlare del proprio passato letterario ed il Joyce dovette insistere perché gli fossero consegnati per la lettura i due vecchi romanzi. *Una vita* gli piacque meno. Invece ebbe subito un grande affetto per *Senilità* di cui ancora oggidí sa qualche pagina a memoria ».[32]

Il consenso e gli incoraggiamenti dell'autore dell'*Ulysses* furono per Svevo l'impulso necessario a svegliare per sempre il fuoco sopito sotto le ceneri di quella che egli chiamava la « tristezza del silenzio ». Lo scrittore che non era mai morto in lui, riemerse con la consapevolezza degli anni e dell'esperienza. Si mette in moto inarrestabilmente la fase piú complessa e matura del suo lavoro.

Lo scoppio della Grande Guerra separò i due amici. Joyce trovò rifugio a Zurigo, poi a Parigi. A Trieste non tornò piú, ma il ruolo di primo piano che egli doveva assumere nella vita e nella fortuna di Svevo comincia a delinearsi in quell'epoca.

La tempesta del conflitto si abbatté anche sulla nume-

[32] Cfr. *Profilo autobiografico*, cit., p. 220.

rosa famiglia Veneziani, disperdendola per l'Europa. Ettore Schmitz e la moglie restarono a Trieste per salvaguardare gli interessi della ditta. Parte dei macchinari e delle merci furono sequestrati dai tecnici militari austriaci. Ettore era sotto vigilanza per la sua partecipazione alle lotte della città minacciata nella sua nazionalità, non dimentico del fervore giovanile dell'irredentista « L'Indipendente », di cui era stato assiduo collaboratore.

Schmitz cercava di dimenticare le preoccupazioni e gli affanni, immergendosi nella lettura e nel violino. Ma non cessava di fissare sulla carta le sue riflessioni sui temi piú profondi che torneranno nella *Coscienza*: la vecchiaia, la solitudine, la morte.

Nel 1918 lo scrittore scopre la psicanalisi, verso la quale comunque conservò per tutta la vita un sospettoso rispetto.[33]

La fabbrica lavorava a ritmo ridotto, la casa era per gran parte occupata dalle famiglie degli ufficiali austriaci. Altri colpi familiari, come la morte dell'Umbertino, figlio di Ortensia e successive improvvise scomparse di parenti, erano venuti ad aumentare l'angoscioso senso di smarrimento di Ettore.

[33] Nel cit. *Profilo autobiografico* Svevo, dopo aver parlato delle sue « lunghe care relazioni col Joyce », scrive: « Il secondo avvenimento letterario e che allo Svevo parve allora scientifico fu l'incontro con le opere del Freud. Dapprima le affrontò solo per giudicare delle possibilità di una cura che veniva offerta ad un suo congiunto. Per vario tempo lo Svevo lesse libri di psicanalisi. Lo preoccupava d'intendere che cosa fosse una perfetta salute morale. Nient'altro. Durante la guerra, nel 1918, per compiacere un suo nipote medico che, ammalato, abitava da lui, si mise in sua compagnia a tradurre l'opera del Freud sul sogno. La compagnia del dotto medico (che però non praticava la psicanalisi) rese quella traduzione piú interessante. Fu allora che lo Svevo talora si dedicò (solitario, ciò ch'è in perfetta contraddizione alla teoria e alla pratica del Freud) a qualche prova di psicanalisi su se stesso. Tutta la tecnica del procedimento gli restò sconosciuta, cosa della quale tutti possono accorgersi leggendo il suo romanzo » (pp. 220-21).

Terminata la guerra, la famiglia dispersa si riuní. Anche l'azienda aveva ripreso in pieno la sua attività, e questo accresciuto ritmo degli affari coincide con il ritorno definitivo di Ettore alla letteratura. Cominciò a ristabilire il contatto col pubblico, collaborando al primo grande giornale nazionale triestino, « La Nazione », fondato, anche dietro i suoi incoraggiamenti, dall'amico Giulio Cesari.

Il 23 aprile del 1919 Schmitz vede la propria figlia andare in moglie al capitano Antonio Fonda. Un anno dopo il cinquantanovenne scrittore-industriale era nonno: al nipotino venne imposto il nome di Piero.

Da tempo Svevo lavorava al nuovo romanzo. Nel luglio del 1922, villeggiando a Poggioreale, sulle balze del Carso, s'immerse nella stesura definitiva della *Coscienza di Zeno*, scrivendo a macchina quasi per l'intera giornata. Dopo tre anni di lavoro, la prima stesura buttata giú in quindici giorni d'impeto furioso, era stata sviluppata fino a raggiungere la forma nella quale conosciamo oggi il libro.

Di nuovo a spese dell'autore, il romanzo uscí da Cappelli nel 1923. La critica locale accolse il libro con espressioni di lode (Benco, Pasini, D'Orazio), ma quella nazionale non si accorse granché, per le ragioni che si vedranno nelle pagine seguenti, della forte novità che l'opera rappresentava nel quadro della nostra letteratura contemporanea.

L'insuccesso pesava anche sulla salute dell'anziano scrittore, come testimonia la moglie;[34] lo stesso Svevo scriveva in proposito:

> « Ecco, io rido quando i miei critici per benevolenza non potendo farmi il piacere di proclamarmi un grande scrittore mi dicono grande finanziere e grande industriale. Io non sono né l'uno né l'altro.

[34] Cfr. il cit. *Vita di mio marito*, p. 99.

Per le grandi vie della finanza non passai giammai, e come industriale fui bensí utilissimo alla mia ditta per la mia grande attività che proveniva da una ferrea risoluzione, sostenuta da una riconoscenza sempre viva per la relativa indipendenza e il benessere che l'industria mi concedeva ».[35]

La scoperta della grandezza di Svevo avviene quasi di colpo in Italia e in Francia. Joyce, sincero estimatore di *Senilità* e della *Coscienza di Zeno*, indica nel 1924 le due opere a Benjamin Crémieux e Valery Larbaud, fini « italianisants » e famosi scrittori, che le apprezzano entusiasticamente, anche sull'onda del successo che la *Recherche* proustiana, rompendo gli schemi tradizionali della concezione del tempo nel romanzo, aveva riscosso attorno a quegli anni a livello europeo. I due scrittori dedicano nel febbraio 1926 gran parte della rivista « Le Navire d'Argent » al triestino: è la consacrazione francese. Ma già nel novembre del 1925 Eugenio Montale, al quale lo stesso Svevo fin dalla primavera aveva inviato i suoi tre libri, dietro consiglio del coltissimo amico Roberto (Bobi) Bazlen, aveva pubblicato il celebre *Omaggio a Italo Svevo* nella rivista « L'Esame ».

La fama europea di Svevo è in moto. Le incomprensioni italiane si vanno smontando (quando non si rendono piú acrimoniose e cruscaiole per la polemica sulla « precedenza » della scoperta) sotto l'urto delle lodi straniere. Le giovani generazioni letterarie, con in testa gli scrittori di avanguardia riuniti attorno a « Solaria » e al « Convegno », riconoscono oramai Svevo come uno dei loro maestri, in un clima culturale che il regime fascista andava rendendo sempre piú asfittico e provinciale, e in cui probabilmente giocava da elemento sgra-

[35] Ibidem.

devole, a sfavore della sua comprensione ufficiale, anche la componente ebraica dello scrittore.

Ma il declino fisico si accompagna all'ascesa della fama letteraria. Le quaranta sigarette giornaliere, vizio al quale mai aveva saputo rinunciare (elevato a simbolo di angosciosa impotenza e di gusto della resa alle proprie debolezze nel protagonista di *Zeno*), fanno gravare sullo scrittore la minaccia dell'enfisema polmonare. Eppure lo possiede una vera febbre produttiva: sono del 1926 alcune novelle, tra cui *La madre*. Nascono poi *Una burla riuscita*, *Vino generoso*, *La novella del buon vecchio e della bella fanciulla*. Nel 1927 Anton Giulio Bragaglia rappresenta a Roma un breve lavoro drammatico intitolato *Terzetto spezzato*, che non riscuote grandi consensi. Svevo lavora già a un altro romanzo, che rimarrà interrotto per la morte: *Il Vecchione*. Di esso cosí scrive al Crémieux il 16 maggio 1928:

> « Dopo alcune settimane meno buone sto tanto bene che con improvvisa decisione, mi sono messo a fare un altro romanzo *Il Vecchione*, una continuazione di *Zeno*. Ne scrissi una ventina di pagine e mi diverto un mondo. Non ci sarà niente di male se non arriverò a terminarlo. Intanto avrò riso di gusto una volta di piú nella vita ».

È una sorta di presagio. L'incidente automobilistico di Motta di Livenza che troncherà la vita dello scrittore alle due e trenta di giovedí 13 settembre 1928, è dell'11 settembre. Il viaggio dell'opera sveviana proseguirà d'ora in poi senza la guida e la presenza ironica e umanissima del suo autore.

II

LE OPERE

Un racconto rivelatore

Per capire dall'interno il processo di sviluppo dell'arte sveviana fino ai suoi risultati piú alti, è utile considerare certe prove minori e laterali, la cui relativa acerbità le fa certamente rientrare nella preistoria della narrativa del triestino, ma che pure contengono *in nuce* certe componenti e certi tratti che si organizzeranno con una ricchezza e una profondità incomparabilmente piú grandi nelle opere successive, e formeranno la fisionomia tipica del mondo e del tono dello scrittore.

Un caso quasi esemplare di questo profilo sveviano che fatica a venire alla luce, impacciato com'è da una serie di elementi spurii e ritardanti rispetto a quello che si confermerà poi il filone centrale della ricerca di Svevo, è dato dal lungo racconto giovanile cui già si è accennato, pubblicato nel 1890 nell'« Indipendente », e che segna l'esordio narrativo dello scrittore. Il romanzo *Una vita* uscirà due anni dopo, ma già questo testo del ventinovenne narratore rivela certe sue inclinazioni e movenze discretamente definite.

Il titolo del racconto è *L'assassinio di Via Belpoggio*;[1]

[1] Oggi in Italo Svevo, *Corto viaggio sentimentale e altri racconti inediti*, a cura di Umbro Apollonio, Milano, Mondadori, 1949.

in esso si narra la storia di un facchino che uccide con una coltellata al cuore e poi deruba di una forte somma, che l'altro portava indosso, un occasionale compagno di osteria e di sbornie. All'inizio la fa franca, ma poi la stretta del rimorso, l'incertezza e l'incapacità di rivestire cinicamente il ruolo dell'innocente gli fanno commettere una tale quantità di errori da insospettire chi gli vive accanto, finché non viene arrestato e confessa il delitto.

La cornice nella quale il racconto[2] si muove è chiaramente naturalistica. Del resto, nelle pagine che precedono si è visto come in questo periodo il giovane scrittore, secondo suona anche la testimonianza del fratello Elio, fosse fortemente influenzato dal « roman expérimental » di Zola, e da romanzieri come Flaubert, Daudet, Gourmont, ecc. Ma l'aria che vi circola dentro è già diversa, già rivolta al versante dell'analisi e dell'introspezione psicologica, tendente sia pure timidamente a suggerire un clima fluido, impalpabile, sottilmente soggettivo e perciò « aperto » rispetto alla concezione « chiusa » dell'oggettivismo naturalistico. Né estranee all'atmosfera del racconto sono certe suggestioni del Dostoevskij di *Delitto e castigo* (Raskolnikov non compie anche lui una serie di « errori » dopo il delitto, anche se calcolati con rischiosa freddezza?) e addirittura, a prova di una consonanza culturale e di un atteggiamento psicologico propri entro certi limiti di tutta la cultura mitteleuropea, certi brividi kafkiani avanti lettera (l'arresto dell'assassino da parte dei poliziotti, fissato in una luce cruda e angosciosa).

[2] L'importanza anticipatrice di questo racconto è stata messa in luce, come nota anche Marco Forti, particolarmente da Carlo Bo in *Per un ritratto di Svevo* (*Riflessioni critiche*, Firenze, Sansoni, 1953): « Nel racconto prevale ancora la formula naturalista ma nello stesso tempo è evidente quello che sarà il vero e grande segreto dell'arte sveviana: il ritorno sui propri atti, il corso della meditazione, la trasfigurazione nel giuoco dei pensieri, lo scatto dell'ossessione ».

Ecco quindi che l'assetto naturalistico salta dall'interno, perché il bruto dato di cronaca si è trasferito dentro la coscienza del protagonista. Il mondo oggettivo si frantuma filtrando attraverso l'inquietudine e la disperazione dell'omicida, la cui coscienza funge da enorme specchio deformante di una realtà che non esiste come organismo concluso, posto polarmente difronte all'individuo, secondo una legge rigorosamente consequenziale di cause e di effetti, ma ha un senso – l'unico – in quanto è il luogo dove si realizzano l'estraneazione e l'alienazione della persona singola. È spezzata la ferrea logica che governa il romanzo naturalista; è venuta meno nel giovane Svevo, quasi inconsciamente e d'istinto, la fiducia nella possibilità di dare un documento esatto di un certo mondo, di fornire una precisa tabella anagrafica di personaggi tipici in situazioni tipiche: anche se è chiaro che il suo metodo e il suo laboratorio sono ancora di marca chiaramente positivistica e « sperimentale ».

L'analisi sveviana è appena agli albori, eppure funziona da elemento di disturbo e di frattura, da contraddizione attiva nel corpo della struttura naturalistica del racconto. Se tale contraddizione raggiungerà la sua maggiore evidenza e il suo maggiore scarto nel successivo romanzo *Una vita*, già qui comunque la visione personale dello scrittore si avverte senza equivoci in certi momenti di riflessione e di scavo interiore. Bastino due passi significativi per dimostrare come per alcuni tratti *L'assassinio di Via Belpoggio* non solo preannunci certe linee di sviluppo della successiva ricerca di Svevo, ma tenda a trasbordare fuori del solco naturalistico, della oggettività della « tranche de vie », e si realizzi con l'immersione della vicenda in un clima già pregno di ragioni individuali, per via di segmenti apparentemente spezzati, di un reticolato complicato e sottile di nessi psicologici, propri della letteratura (e dell'uomo « straniero » nel mondo) del nostro secolo:

> « Non sentiva una grande gioia al contatto delle banconote e andava dicendosi ch'era perché non se ne sentiva ancora sicuro possessore. Invece, anche senza questo dubbio, il pensiero del suo delitto non avrebbe lasciato luogo in lui ad altri sentimenti. Non era preoccupazione e non rimorso ma quell'impressione al braccio destro col quale aveva dato il colpo gli sembrava si fosse estesa a tutto l'organismo. L'atto cosí breve e fulmineo aveva lasciato traccia sul corpo che lo aveva fatto. Il suo pensiero non sapeva staccarsene ».
> « Era perduto! Non poteva negare, ma quello ch'era peggio non avrebbe mai trovato le parole per descrivere le torture da lui sofferte e che avrebbero attenuato la sua colpa. Per tutti costoro egli era una macchina malvagia di cui ogni movimento era una mala azione o il desiderio di farla, mentre egli sentiva di essere un miserabile giocattolo abbandonato in mano capricciosa ».

Non è forse questo Giorgio, abitatore di tuguri e assassino quasi per caso, un antenato dei personaggi degradati, falliti, maniaci e delittuosi in potenza o in atto, che popolano i romanzi (e i film, e i quadri) della nostra epoca, nella torbida psiche dei quali Dostoevskij per primo aveva ficcato lo sguardo? Il senso di colpa, in questo sottoproletario dai tratti esteriori parazoliani, è legato in quanto effetto alla causa del crimine: ma nel posteriore sviluppo dell'arte di Svevo sarà l'autobiografia a occupare il campo come momento di sintesi di tutti gli sparsi elementi della realtà, un'autobiografia psicologica « scritta », in terza o in prima persona, dal protagonista intellettuale e borghese: e Svevo non avrà piú bisogno, per auscultarne le dolorose trafitture, di addossare ai suoi personaggi responsabilità criminali, come ancora fa in questa fase di noviziato in cui il possesso dei suoi mezzi e della sua ottica personale è precario ed incerto. Il crimine non è « nel » singolo, ma è « del » mondo. E allora si tratterà di un senso di colpa dovuto, oltre che alle insufficienze di questi personaggi inetti e fragili, alla consapevolezza che il mondo che li ospita è nemico ed inesorabile.

Il personaggio borghese di Svevo, gravato dal peso oscuro di una solitudine inguaribile, di una sostanziale inutilità e di un meschino fallimento, come percosso dagli echi della senilità e della morte che ne accompagnano i gesti piú quotidiani, risulta l'emblema di un'epoca e di una società: ci restituisce il ritratto di un tempo che vede la borghesia, già prigioniera delle sue contraddizioni e del suo stesso dominio di classe, sostanzialmente unificata da questa coscienza ma lacerata al suo interno, in attesa di scatenare la macchina dell'imperialismo su scala mondiale, esprimendo fatalmente regimi totalitari che ne sostengano i privilegi a livello politico, massificando col ricatto di un falso « progresso » l'individuo in preda a quella che Adorno chiama « paralisi del contatto », a livello sociale.

Da questa paralisi, da questa *impasse* carica di implicazioni, Svevo uscirà mediante l'uso di uno strumento a due facce: la rappresentazione letteraria di molte disperazioni esistenziali, e la lucida analisi interiore, sua e dei suoi personaggi.

Una vita

In una lettera del 16 marzo 1925 a Valery Larbaud, Svevo scrive:

> « Ho riletto *Senilità* e vedo il libro che m'ero rassegnato a considerare assolutamente inesistente, nella luce che gli è stata data dal vostro giudizio. Ho riletto *Una vita*. James Joyce diceva sempre

> che nella penna di un uomo c'è un solo romanzo (allora egli non aveva neppure pensato a *Ulysses*) e che quando se ne scrivono diversi si tratta sempre del medesimo piú o meno trasformato. Ma in questo caso il mio solo romanzo sarebbe *Una vita* ».[3]

Svevo vuole intendere che il suo « unico » romanzo, che si dispiega apparentemente in trilogia, comincia con il libro pubblicato nel 1898. È indubbio che la tematica di Svevo ha subito da quella prima prova romanzesca una profonda evoluzione, ma è altrettanto certo che essa resta sostanzialmente unitaria e coerente.[4] Le linee di sviluppo di quest'opera, che dall'iniziale schematismo andranno facendosi sempre piú complicate e incisive, procedono per alcune direttrici costanti: senso d'inerzia e d'inutilità dei protagonisti, solitudine interiore, sensazione di panico difronte a una realtà schiacciante, presenza della « senilità » e della morte.

Ma se tutto ciò non presupponesse l'analisi di un mondo, e di un *certo* mondo, e quindi se non obbedisse a una visione globale della vita, resterebbe materiale impressionistico, catena d'intuizioni magari intelligenti ma inesorabilmente limitate a un'esperienza privata, inefficaci dal punto di vista della conoscenza, cioè della poesia. Al contrario, come si è già notato, Svevo percepisce fin dal suo primo romanzo di essere partecipe di una crisi: la crisi della borghesia che subisce in sede culturale l'esaurimento dello slancio ottimistico che aveva rappresentato il positivismo, e che in sede economico-politica è costretta a pagare un disagio e una serie di

[3] Cfr. Italo Svevo, *Epistolario*, Milano, dall'Oglio, 1966, pp. 759-760; traduzione mia dall'originale francese.

[4] Come ha ben dimostrato, tra i primi, Elio Vittorini in *Diario in pubblico*, Milano, Bompiani, 1957, p. 18; già pubblicato in « Solaria », n. 12 (1930).

conflitti interni, che i diversi imperialismi europei cercheranno di eludere scatenando una competizione tanto serrata da concludersi con una guerra generale.

Il personaggio di Svevo è cosí immediatamente caratterizzato: è l'individuo che cerca la propria dimensione e la propria collocazione all'interno della società borghese, la quale già presenta i tratti brutalmente aggressivi che la definiscono nel nostro secolo.

Tra la fine del secolo XIX e gli inizi del XX il panorama culturale austro-tedesco appare come l'espressione dell'orgoglio e della decadenza di una classe, e come la piattaforma ideologica di una grande borghesia industriale avviata al trionfo, imbevuta di cattivo nietzschianesimo e di fumoso wagnerismo; in Italia, al contempo, assistiamo al dispiegarsi autoritario dei meccanismi di difesa che la borghesia agraria-industriale fa scattare contro l'offensiva dei neonati movimenti socialisti e le organizzazioni della classe operaia, primi sintomi di quel coagulo di tendenze reazionarie che sfoceranno poi nel fascismo.

Sul piano della cultura, lo stesso affermarsi in Italia del verismo rappresenta soprattutto la manifestazione piú seria degli ultimi fuochi del Romanticismo nel suo versante meno astratto e evasivo, piú concreto e in definitiva « popolare ». La crisi sociale, storica e ideologica che investe gli uomini migliori del verismo non trova sbocco, ed è costretta a rifluire nel chiuso di esperienze regionali, impossibilitate a trovare l'udienza che in Francia hanno trovato pressappoco negli stessi anni la rivoluzione naturalistica e la lezione del « roman expérimental ». Verga è il maggior interprete di questo tentativo di aggiornamento e di sintonia culturale col coevo pensiero europeo, e al tempo stesso l'involontario riduttore della complessità di questa esperienza in un quadro culturale che, come quello italiano dell'epoca, poneva limiti pressoché invalicabili e anzi già preparava il riflusso di queste avanguardie col cambio della guardia del romanzo estetizzante (D'Annunzio) e del romanzo spiritualista (Fogazzaro).

In un certo senso Svevo è un privilegiato, nella misura in cui non fa parte integrante di questo panorama e quindi non subisce questo tipo di processo. In posizione periferica rispetto ad esso, il triestino viene a trovarsi « al di là della crisi romantica, al di là di quella situazione particolare che aveva portato alle esperienze estremamente limitate del naturalismo italiano »,[5] e risulta di fatto inserito nel processo ben altrimenti vasto e profondo della sensibilità europea. Tra l'altro, la sua formazione giovanile gioca in questo processo un ruolo di primo piano, portandolo a servirsi « naturalmente » di quegli strumenti elaborati da una cultura che come quella tedesca è intenta a sezionare la psiche di un individuo che avverte come dissociato e senza centro;[6] o come quella francese che è all'altezza di elaborare un realismo « comune a tutta la nazione e in grado di analizzare il destino in formazione di tutta la società europea moderna »,[7] come scrive Auerbach.

È quindi l'ancoraggio al quadro d'ambiente di derivazione naturalistica che si presenta nel primo tempo del romanziere come una sicura possibilità d'indagine sociale: il risultato è appunto *Una vita*. Il conflitto individuo-società, malgrado l'affiorare periodico di esi-

[5] Cfr. Giorgio Luti, *Italo Svevo e altri studi sulla letteratura italiana del primo Novecento*, Milano, Lerici, 1961, p. 256.

[6] Nel cit. studio *La giovinezza e la formazione letteraria di Italo Svevo*, G. Spagnoletti scrive: « Lesse molto Flaubert, Daudet e Zola, ma conobbe molto di Balzac e qualche cosa di Stendhal » (p. 31); e ancora: « Il suo entusiasmo verso il naturalismo francese, l'amore di Zola, si nutrivano di ragioni morali e artistiche e, per dirla in una parola: di esigenze molto personali. Nessun collegamento vien dunque naturale tra la sua ammirazione per De Sanctis e il culto del romanzo sperimentale. Quest'ultimo poteva piú facilmente andare d'accordo con il credo della rinuncia predicato da Schopenhauer » (p. 34).

[7] Cfr. Erich Auerbach, *Mimesis*, Torino, Einaudi, 1956, p. 545.

genze analitiche all'interno della psicologia del protagonista, è in questa fase assolutamente esplicito. L'individuo ne esce schiacciato: il suo ritratto si aggiunge cosí a quelli dei « vinti » che Verga aveva rappresentati con ferma, impassibile pietà nei suoi romanzi. La sconfitta è la logica conclusione dello scontro tra il singolo e la collettività, quando costui non sia armato del bagaglio di « indispensabile » cinismo e di risorse egoistiche richiesto ad affrontare la lotta per la sopravvivenza e l'affermazione. Il primitivo titolo di *Un inetto*, mutato poi in quello di *Una vita*, è la spia ideologica del giovane scrittore in questo periodo. D'altronde, anche il secondo titolo (assai meno sveviano) sta a testimoniare della relativa dipendenza da certi modelli francesi dell'area naturalistica: l'omonimo romanzo di Maupassant *Une vie* è del 1883, meno di un decennio prima.

Nel romanzo di esordio di Svevo, quindi, appare chiara fin dal titolo l'ambizione di fornire un quadro completo e quasi scientificamente impostato dell'esperienza umana in tutte le sue implicazioni, nei termini di una singola esistenza vista come emblema di una condizione generale.

Ma in questo libro, come scrive Marco Forti, « accanto a capitoli di una riuscita già pienamente sveviana, se ne allineano altri interamente (o quasi) condizionati dalle ipoteche naturalistiche e positivistiche di fine secolo, da un bisogno minutamente descrittivo e addirittura bozzettistico che, piú che da una autonoma e convinta occasione, paiono derivare da un'applicazione sperimentale, da un bisogno di adeguamento critico e culturale »[8] alla temperie letteraria dell'epoca.

Al suo primo romanzo Svevo s'impegnò a fondo, probabilmente convinto di avere in qualche modo sco-

[8] Cfr. Marco Forti, *Svevo romanziere*, Milano, All'insegna del pesce d'oro, 1966, p. 25.

perto il proprio vero filone di ricerca. Ed è un fatto che l'ambiente della media e piccola borghesia predominante nelle pagine di *Una vita* costituirà l'asse portante e il centro piú interno per tutto il successivo lavoro del romanziere, fino oltre la *Coscienza di Zeno*, che vede la luce nel 1923. A partire dal suo libro d'esordio, Svevo scruta la fisionomia di una classe della quale si riconosce oggettivamente prodotto e critico al contempo, con un intuito sociologico e una profondità di visione realistica che lo pongono immediatamente al di là (e al di sopra) del cronachismo verista e del superomismo dannunziano. Che poi egli, nella sua prima opera narrativa di largo respiro, resti attaccato al suo oggetto con una minuzia descrittiva e una cura dei particolari esteriori perfino eccessiva, sulla falsariga dei modelli naturalistici (accettati e respinti), è senz'altro inevitabile per uno scrittore che si butti a nuotare in un mare che sarà il suo, ma senza ancora conoscerlo profondamente.

Ad esempio, Svevo è preoccupato di rendere fedelmente i tratti fisionomici dei suoi personaggi, secondo i moduli di una ritrattistica intesa a fissare anche l'aspetto esteriore delle figure con puntigliosa attenzione:

> « Entrò correndo Sanneo, il capo corrispondente. Era un uomo sulla trentina, alto e magro, i capelli di una biondezza sbiadita. Aveva ogni parte del lungo corpo in continuo movimento; dietro agli occhiali si movevano irrequieti gli occhi pallidi ».[9]
> « Il signor Maller aperse la porta e dopo d'essersi accertato che c'era Sanneo entrò nella stanza. Alfonso non ce lo aveva mai veduto. Era un uomo forte, grasso, ma alto di statura. Lo si sentiva respirare talvolta, non affannosamente però. La testa era quasi calva, la barba intiera aveva folta,

[9] Cfr. *Una vita*, in Italo Svevo, *Opere*, a cura di Bruno Maier, Milano, dall'Oglio, 1964, p. 134.

non lunga, di un biondo tendente al rosso. Portava occhiali con filetti d'oro. La sua testa aveva l'aspetto volgare per il colore rosso carico della pelle. »[10]

Eppure, tutto questo procedimento scolastico risulta in qualche modo esterno proprio in virtú dell'intervento (non calcolato) di motivi e linee di analisi psicologica e di attenzione ai casi e alle occasioni interiori, che appaiono già sveviani e danno al romanzo un colore particolare, quasi sconvolgendone la struttura, facendone insomma un prodotto anomalo (già diverso in direzione del futuro) rispetto alla produzione del minore naturalismo italiano.

Ciò che sta inconsciamente a cuore al giovane romanziere, al di là dell'assillo di rispondere a certe istanze scolastiche di cui si è detto, è in realtà il destino del protagonista Alfonso Nitti e la meccanica delle motivazioni che lo determinano a livello psicologico. L'approccio a questa vena profonda si realizza, in *Una vita*, dentro la continua difficoltà di superare il fitto reticolato sociologico e descrittivo-ambientale di cui è intessuta la prima parte del romanzo, necessario allo scrittore imbevuto della lezione zoliana e sperimentale per dare credibilità e spessore ai movimenti di un personaggio come Alfonso, provinciale inurbato che muove i primi passi nel mondo del lavoro all'interno della Banca Maller. Svevo insiste nel presentare Alfonso intento ai suoi compiti d'impiegato e nei contatti quotidiani coi colleghi e coi superiori, tra i quali spicca il bilioso Sanneo, primo tramite involontario tra il giovane e l'inaccessibile signor Maller, nell'orbita del quale egli sarà destinato ad entrare per le vie che vedremo.

Manca alle istantanee di *Una vita*, malgrado l'energia con cui sono scattate, quella qualità che Giorgio Luti chiama « duplicità fisico-morale, rapporto fra dato

[10] Ibid.

interiore ed esteriore »,[11] e che nei romanzi successivi costituisce uno dei motivi di maggior fascino. Svevo non ha ancora scoperto l'ambiguità e la dialettica del reale. I suoi naturalisti gli hanno insegnato che esiste una sola realtà, un solo mondo oggettivo, leggibile in un unico senso.

Alfonso, anche per la sua natura di sognatore che funziona da valvola di scarico e da mezzo di evasione dal grigiore della vita di ufficio, è perlustrato fin dall'inizio nelle sue pieghe interne, nel gioco dei suoi progetti di cartapesta. La stessa minuzia analitica riscontriamo a un livello piú esteriormente descrittivo nella rappresentazione della famiglia Lanucci presso la quale Alfonso fa pensione, trattenendovisi malinconicamente durante gran parte del tempo libero dagli impegni della banca. La meschinità dei due ambienti avvilisce il protagonista, che sfoga il suo disagio nelle lettere alla madre, proponendosi di rientrare al villaggio natio troncando la difficile esperienza cittadina.

La decisione viene cancellata da una circostanza inaspettatamente favorevole: il signor Maller, al quale il giovane è stato raccomandato dalla signorina Francesca, governante di sua figlia Annetta e amica della madre di Alfonso, lo invita a casa sua. L'indifferenza e il distacco un po' sufficiente col quale è accolto dalla fanciulla, il fatto che ella preferisca visibilmente alla sua conversazione quella del mondano cugino Macario, la disinvoltura e il continuo tessuto di allusioni e di battute che sembra legare i due, mettono in imbarazzo l'inesperto Alfonso e aprono in lui quell'ambiguo e inquietante processo di passione-sazietà, di slancio bruciante e di doloroso ripiegamento, che contraddistinguerà poi il suo rapporto con Annetta: prima fra le creature sveviane a incarnare il ruolo della donna che si promette e si nega, si abbandona per poi ritrarsi

[11] Cfr. Giorgio Luti, *op. cit.*, p. 292.

subito dopo, vincendola in definitiva sul maschio. E compare già, come poi nell'Angiolina di *Senilità* e nella Carla della *Coscienza di Zeno*, l'elemento asimmetrico all'interno della perfezione, la linea imprevedibile che dà alla fisionomia femminile un piú intenso richiamo sessuale e sentimentale:

> « Entrò la signorina Annetta e Alfonso si levò in piedi confuso; l'aveva molto agitato la lunga preparazione.
> Era una bella ragazza, quantunque, come egli disse a Miceni, il suo volto largo e roseo non gli piacesse. Di statura alta, con un vestito chiaro che dava maggior rilievo alle sue forme pronunciate, non poteva piacere a un sentimentale. In tanta perfezione di forme Alfonso trovava che l'occhio non era nero abbastanza e che i capelli non erano ricci. Non sapeva dire il perché, ma avrebbe voluto che lo fossero ».[12]

La simpatia che gli mostra l'elegante Macario, conforta Alfonso. In questo primo approccio con un mondo di tanto superiore al suo, egli ha avuto la cruda sensazione di appartenere a una classe subalterna. Attraverso la storia di questo travet impegnato a rompere la gabbia della propria inferiorità sociale, Svevo aggredisce con forza il nocciolo del problema che sarà poi alla base dell'ossatura di *Zeno*: l'analisi del quadro violentemente contraddittorio di una società che isola l'individuo, la descrizione di un conflitto in atto tra le classi attraverso quello tra un piccolo impiegato e un sistema socioeconomico completamente estraneo alle sue esigenze, il fallimento cui è destinato chi (come Alfonso Nitti) individua nell'amore disinteressato il tramite per un'ascesa sociale, infine l'oscura coscienza di sentirsi vittima di un ingranaggio incomprensibile.

[12] Cfr. *Una vita*, in *Opere*, cit., p. 153.

Dopo l'umiliazione subita da Annetta, egli torna in casa Maller appunto in veste di appassionato di letteratura, capace di emergere ben presto tra gli altri ospiti di queste serate intellettuali, Macario, Spalati, Fumigi, Prarchi. È a questo punto del romanzo che scatta la sua molla interna, già francamente sveviana, fatta di sottili ed ambigui incontri e deviazioni di atteggiamenti spirituali, di pose posticce, di reticenze e di menzogne, che avvolgono i personaggi in una ragnatela vischiosa dentro la quale i contorni piú decisi perdono evidenza e comincia a realizzarsi la tipica fusione sveviana di figure ed ambienti, di connotati umani ed atmosfere, che è la negazione della poetica e della prassi narrativa del naturalismo.

Francesca, la governante di Annetta, si trasforma in complice del giovanotto che comincia a fiutare la possibilità di sedurre la fanciulla. Tra l'altro, le sue speranze sono alimentate dalla circostanza che con Annetta concordano di scrivere un romanzo in collaborazione. Né l'interesse della ragazza alla cosa pare ad Alfonso esclusivamente letterario. « Cosí la materia di *Una vita* che, naturalisticamente e positivisticamente avremmo potuto fin d'ora parafrasare come "vita di un impiegato", comincia a trovare una diversa musica analitica, una minuzia e una lentezza ancora, ma rivolta ad altri esiti che muoveranno fin nel profondo la struttura del romanzo di Svevo, la sua immagine della vicenda umana. »[13]

Né è da sottovalutare l'idea del « romanzo da farsi », straordinariamente moderna e anticipatrice di tante esperienze del nuovo secolo, da Musil a Gide, per non parlare del teatro di Pirandello; e nella quale può intravedersi il primo segno, non sufficientemente approfondito e risolto, di quella serie di mediazioni che Svevo andrà sempre piú frapponendo al bruto dato reale, sotto

[13] Cfr. Marco Forti, *op. cit.*, p. 36.

forma di potenzialità realizzate soltanto nella coscienza dei personaggi, di frammenti di un mondo che riprende consistenza e « valore » soltanto nella dimensione interiore: fino a farne, nelle opere successive, la vera sostanza del suo metodo letterario e della sua ricerca poetica.

All'interno del romanzo si accampa una sorta di blocco (capp. XI e XII) che si va capricciosamente diluendo, per dar luogo a rivoli sinuosi e intricati. L'analisi di Svevo sui due giovani che elaborano il « loro » romanzo, si intreccia a quella sul libro che viene crescendo in modo estremamente faticoso e non vedrà mai definitivamente la luce, fungendo in realtà da galeotto nel rapporto amoroso che di lí a poco legherà i due. È questo contrappunto, giocato su due piani contemporanei e dialetticamente relazionati, a dare un fascino cosí intenso a questa zona del libro. Il romanzo-pretesto regge fino al momento di fusione dei due elementi interessati, il corteggiatore e la corteggiata. Ma è bene non perdere di vista il fatto che i due personaggi obbediscono, come capita nella realtà, a un'ambiguità di fondo, nel senso che i loro ruoli « ufficiali » (Alfonso corteggiatore, Annetta corteggiata) appaiono quasi intercambiabili, e la posizione dei due ne viene cosí continuamente sfalsata, mossa in superficie e in profondità, resa relativa non assoluta, dialettica non deterministica: in linea già con quella certa fisionomia del « personaggio uomo » di mutevole e quasi indefinibile maschera e comportamento, che Giacomo Debenedetti ha ravvisato nel romanzo moderno parallela alle conquiste rivoluzionarie della fisica nucleare.[14] Svevo, alla epoca di *Una vita,* è già per certi tratti un narratore entrato nella fase postpsicologica, come direbbe Adorno.

Tra lusinghe e delusioni, convinzioni e incertezze,

[14] Cfr. Giacomo Debenedetti, *Il personaggio uomo,* Milano, Il Saggiatore, 1970, p. 65.

procede l'assedio di Alfonso, assediato lui stesso in un terreno infido e sempre meno conosciuto. Con Annetta è impossibile giocare a carte scoperte. Niente sembra definitivo e pacifico, con lei: tutto appare da un istante all'altro rimesso in discussione. Alla fine del laboriosissimo corteggiamento, Annetta cederà. La presenza di Francesca, equivoca e maliziosa sorvegliante, gioca in questa situazione una parte primaria, interessata a perseguire certi suoi fini segreti, che si manifesteranno piú tardi in tutto il loro subdolo disegno.

Rimproveri immotivati, ire repentine, fulminee tenerezze e pentimenti sono nel frattempo gli elementi della strategia inconscia di Annetta. L'immagine di lei si fa sempre piú mutevole e sfuggente, fatta di scatti bruschi e di manifestazioni appassionate. Tra queste pastoie, l'alleanza di Francesca si rivela per Alfonso assolutamente fondamentale. La donna, per suo conto, è ben decisa a facilitare il rapporto tra i due giovani fino a farlo precipitare.

La sensualità di Annetta è dal canto suo nutrita delle sane regole del buonsenso borghese volentieri trascurate quando sia necessario, di cattive letture romanticheggianti e sentimentali e di noia capricciosa. Ed è proprio questo intrico di volubile fatuità e di orgoglio di classe che in fondo giocherà a vantaggio del giovanotto:

> « ... Lo amava forse, ma la cura del suo interesse lottava con quest'amore e vittoriosamente sempre finché in lei non parlavano i sensi. Tutto ciò era tanto chiaro, si manifestava con tale evidenza che neppur sognando Alfonso poteva non tenerne conto. Perché, come al solito, egli cercava di annullare il suo malessere spingendo la sua fantasia a deviare dalla realtà, ma questa volta era sogno che non valeva la pena di venir fatto. Poteva figurarsi che Annetta cedesse, sentisse gli stessi suoi

> desideri, ma per istanti. Erano commozioni precedute e seguite da freddezza glaciale e persino accompagnate da un freddo calcolo che segnava i limiti alla piccola passioncella che la signorina si accordava. Doveva dunque essere una lotta che dopo vinta bisognava sempre ricominciare ».[15]

Svevo ha gettato sul tappeto alcuni dadi che mostrano contemporaneamente varie facce. Il rapporto Alfonso-Annetta si colora di ambiguità e di contraddizioni, di decisioni che paiono definitive e di smentite immediatamente successive. È questa dinamica a dargli un umore a tratti fortemente moderno.

La connivenza di Francesca è l'elemento che fa precipitare la situazione, fino alla seduzione di Annetta durante un'assenza preordinata della governante. La scena, di un'energia e di un'evidenza cruda e sordamente greve, si svolge in un « interno » come dentro una scatola perfettamente aderente al proprio contenuto:

> « Ella pregò e minacciò ma con voce dolce e si difese, ma le braccia puntellate mollemente sul suo petto non impedivano nulla. Egli però non s'era atteso a resistenze e per deboli che fossero lo irritarono. La costrinse bruscamente, frettoloso e brutale, e in apparenza almeno fu un tradimento, un furto.
>
> Ritornando in sé percepí di nuovo l'odore intenso di colla che regnava in quella stanza ove gli sembrava di ritornare dopo una lunga assenza. Ella disse le prime parole: – Mio Dio, che cosa abbiamo fatto? – La sua era sorpresa e disperazione. Guardava gli oggetti intorno a sé come se avesse sperato ch'essi la richiamassero da quello che sperava un sogno. Il disordine nelle sue vesti, cui appena allora cercò di riparare, le diede la cer-

[15] Cfr. *Una vita*, in *Opere*, cit., pp. 260-61.

> tezza ch'era perfettamente in sé. Si rialzò non senza dignità; chiamava in aiuto tutte le sue forze, ma non che un riparo non trovava neppure un contegno che le fosse piaciuto di seguire. Si padroneggiò e muta si asciugò le lagrime e si avvicinò al tavolo allontanandosi da lui ».[16]

In seguito alla scenata della fanciulla, Alfonso teme che tutto tra loro sia finito. Ma un momento dopo la dura sfuriata, ecco Annetta tornare fra le sue braccia, completamente mutata.

Siamo nella fase del romanzo forse piú libera ed autonoma da condizionamenti culturali esterni, da precetti scolastici. Lo scrittore tratta la sua materia con notevole maestria, determina con naturalezza le spinte e le controspinte dei personaggi, ne asseconda lo spontaneo sviluppo. Sensi e sentimento ricoprono un ruolo insieme sfavillante e crudele, in questa parte del libro: che pare aperto a soluzioni complesse e profonde incentrate sui temi che, come si è visto, contraddistinguono il rapporto tra Alfonso ed Annetta: complesso d'inferiorità, rivincita sulle frustrazioni subite, sensualità, ipocrisia, subdolo egoismo, perbenismo brutalmente demistificato: insomma, le componenti fondamentali che compongono la tavola di certi « valori » borghesi, dei quali Svevo ha esattamente individuato sia il formalismo che la inevitabile tendenza al conflitto.

Ma ancora il rapporto tra architettura esterna e analisi interiore non è risolto. Svevo subisce tuttavia il peso della concezione di una piattaforma narrativa tradizionale, a tratti soltanto annullata per forza d'intuizione piú che per consapevolezza di poetica e di potenza espressiva. La pania del descrittivismo e dell'atteggiamento di tipo positivistico che abbiamo riscontrato in

[16] Ibid., pp. 292-93.

apertura del romanzo, torna a gravare su di esso, impedendogli di « agire » in piena autonomia.

Alfonso, malgrado le prove di dedizione di Annetta, è tormentato dal dubbio sulla serietà del proprio amore e di quello della ragazza. La conquista gli appare ora ottenuta quasi troppo a buon mercato; egli si attarda a complicare, di un'analisi talora distorta nella memoria recente, i momenti cruciali della relazione, primo tra i protagonisti problematici di Svevo, contemplativi e irresoluti, costruttori instancabili di colpe e di alibi contro e a vantaggio delle proprie pigrizie e delle proprie personali fragilità e inconsistenze.

> « Annetta era la piú colpevole fra i due perché le scuse ch'egli aveva trovato per sé, per lei non sussistevano. Ella aveva agito per sensualità e per vanità, dal principio sino alla fine. Egli aveva sempre avuto il conato di ingentilire il loro amore con la parola e coi modi mentre ella non aveva che tollerato in lui quest'amore senza mostrare di dividerlo. Cosí egli s'era ritrovato con un sentimento che aveva finito coll'essere simile a quello di Annetta: cessava quando cessava il desiderio. Eppure piú di qualunque altro dubbio lo turbava la compassione che gli destava Annetta. Ella era stata colpita proprio nella parte piú importante della sua vita, nella sua superbia, e prima o poi ne avrebbe sofferto orribilmente. »[17]

In questo torbido stato di malessere, Alfonso sente di colpo l'esigenza di sfuggire alle maglie della rete di Annetta, sapientemente tesa da Francesca che nutre la recondita mira di sposare il vecchio Maller, del quale è l'amante. Malgrado i tentativi che l'intrigante domestica fa per trattenerlo a Trieste, nella convinzione che

[17] Ibid., pp. 299-300.

mantenere in piedi la relazione tra i due giovani faccia gioco ai suoi scopi, Alfonso si allontana con la scusa di far visita alla madre ammalata e protestando di compiere il passo per il bene di Annetta. La ragazza si dà presto pace dell'assenza dell'amante, e in poche settimane lo dimentica; nel frattempo Alfonso è tornato al villaggio natio, al capezzale della madre inferma. Questo tuffo nel proprio passato reale, nella dimensione piccoloborghese delle proprie origini, coincide con un effettivo allentarsi della tensione del romanzo. Minuta applicazione descrittiva e attenzione pronunciata al bozzettismo negli episodi della vita minima del paese, figurine ritagliate con cura meticolosa (il tutore di Alfonso, Mascotti; la vecchia serva Giuseppina; il medico curante della madre), ripresa dell'ottica oggettivistica: tutto ciò sminuisce l'efficacia prospettica di quello spaccato di un conflitto tra due individui intuiti come emblemi di due classi a confronto, che aveva costituito il lievito del lungo spazio dedicato alla relazione amorosa di Alfonso ed Annetta. Le grandi possibilità dell'analisi del gioco erotico, implicative di temi piú generali e che s'intuiscono in rilievo sotto la trama, vengono improvvisamente a spegnersi.

La stessa morte della madre, prefigurazione piú limitata di altre famose morti sveviane (quella di Amalia in *Senilità*, allucinata e drammatica fino al delirio e allo stravolgimento simbolico di una situazione umana e sociale; o quella del padre nella *Coscienza di Zeno*, tutta rivisitata dal protagonista che la evoca, nell'atmosfera degli echi e del rimorso, su un piano di vasta risonanza tragica), costituisce la verifica di questo arretramento. La terra di nessuno in cui Svevo si è addentrato, lo respinge ancora. E lo scrittore, i cui mezzi espressivi sono fino a questo momento al disotto delle risorse del temperamento e della sensibilità, torna sui suoi passi, rientra nei ranghi naturalistici. La malattia, la vecchiaia, la morte, ovverosia i grandi temi sveviani della maturità, qui non hanno respiro, restando quasi del tutto elementi esterni alla situazione del personaggio nel mondo, momenti di un certo processo patologico pesantemente condizionato dal culto dello scientismo dei naturalisti e dei positivisti.

Dovranno passare ancora sei anni perché si abbia, con *Senilità* (1898), la scoperta del « patologico » come sintomo della solitudine e della alienazione del personaggio: quindi non piú come caratteristica aggiunta e incidentale di una vita, ma come sostanza morbosamente drammatica di un destino nella società.

Il ritorno di Alfonso a Trieste, la ripresa del lavoro bancario e la notizia del fidanzamento di Annetta con Macario, riescono tuttavia a produrre una nuova sintesi nel difficile equilibrio del romanzo. L'occhio dello scrittore riprende di mira il microcosmo della banca, ma attraverso un dato nuovo: il fallimento e l'esclusione di Alfonso, la catastrofe della sua scalata sociale. Mancato come arrampicatore sociale e come innamorato, respinto dal glaciale atteggiamento del Maller (al corrente dei suoi trascorsi con la figlia, eppure costretto a mordere il freno col giovanotto per timore di uno scandalo) e del direttore Cellani nel ghetto di subalternità sociale che aveva sperato di rompere, Alfonso pare trasformare la propria sconfitta in una sorta di illusorio successo, da godersi nel privato cerchio delle sue emozioni. La rinuncia, dal momento che in parte è stata voluta da lui, sembra ribaltarsi in conquista:

> « Si trovava, credeva, molto vicino allo stato ideale sognato nelle sue letture, stato di rinunzia e di quiete. Non aveva piú neppure l'agitazione che gli dava lo sforzo di dover rifiutare o rinunziare. Non gli veniva piú offerto nulla; con la sua ultima rinunzia egli s'era salvato, per sempre, credeva, da ogni bassezza a cui avrebbe potuto trascinarlo il desiderio di godere.

Non desiderava di essere altrimenti. All'infuori dei timori per l'avvenire e del disgusto per l'odio di cui si sapeva oggetto, egli era felice, equilibrato come un vecchio ».[18]

Ma ciò che piú conta, è rilevare come ci si trovi qui per la prima volta difronte a quella nozione di « senilità », che sarà uno dei fulcri del libro successivo e poi della *Coscienza*. Ciò che ancora manca a tale nozione per renderla compiutamente sveviana, è la fusione tra significato tragico e contemplazione ironica, che farà delle ulteriori « accettazioni » e « rinuncie » sveviane, situazioni universali dell'impotenza borghese.

Al piccoloborghese Alfonso Nitti lo scrittore ha affidato con notevole lucidità il ruolo di vittima e di ribelle all'interno di una condizione sociale che lo schiaccia. In un mondo le cui costanti sono la lotta, l'aggressione e il sopruso, un individuo che « si sentiva incapace alla vita » e al contempo avverte pesantemente la condanna di un lavoro che non ama, è certo destinato a soccombere.

« Il lavoro, cui è tolto il significato di riscatto e di sviluppo economico, è intuito dunque come strumento di condanna. Ma una volta raggiunto questo concetto Svevo non accetta passivamente una situazione di fatto, accennando al contrario ad una posizione polemica. Non sarà, d'altra parte, un'esigenza originata dalla coscienza di una socialità individuale; si tratterà invece di una polemica di netta impostazione borghese. Nel tentativo di risolvere l'*impasse* in cui si trova il suo personaggio, Svevo cerca di definire una linea di difesa, un aggancio col mondo che gli sta sfuggendo, proprio quella struttura capitalistica dalla quale è escluso il piccolo-borghese e verso il quale si trova proiettato per la sua stessa posizione di intermediario. »[19]

[18] Ibid., p. 382.
[19] Cfr. Giorgio Luti, *op. cit.*, p. 307.

Ma il determinismo naturalistico riesce almeno a individuare il determinismo sociale che è la regola del mondo del capitale. In questa misura esso riesce utile a Svevo nella definizione del fallimento e della sconfitta cui è votato per forza di collocazione societaria l'antieroe Alfonso, « il povero impiegatuccio al quale non sarebbe stato neppure lecito dimostrare il proprio dolore ».

Annetta non ha piú dato segno di vita e quando un giorno Alfonso la incrocia in compagnia di Francesca, le due donne non rispondono neppure al suo saluto. Alfonso chiede alla fanciulla un ultimo colloquio; ma al suo posto si presenterà il detestabile elegantone Federico Maller suo fratello, che schiaffeggia Alfonso, quasi a sottolineare che le differenze di rango non si possono scavalcare impunemente.

Si affaccia l'ipotesi di un duello ma, come nota correttamente Eugenio Montale, « l'autore ha evitato un finale che ricorderebbe troppo la letteratura di Giorgio Ohnet ».[20] Alfonso infatti si uccide, lasciando i suoi scarsi risparmi alla figlia del Lanucci, che dovranno servire a « comprare » la riparazione matrimoniale del suo seduttore: e il romanzo si chiude, in puro stile burocratico, con secca laconicità, sulla comunicazione che la Banca Maller fa di un funerale che avviene « con l'intervento dei colleghi e della direzione », per un suicidio le cui cause rimangono « del tutto ignote ».

La morte ha chiarito ogni equivoco. In fondo, la personalità e il destino di un subalterno come Alfonso Nitti non possono risultare, per i suoi superiori, che « ignoti ». Si è conclusa una vita, una delle tante vite anonime segnate dal fallimento e da una tragica impotenza, frenate nel loro slancio da un ferreo condizionamento di classe.

[20] Cfr. Eugenio Montale, *Italo Svevo nel centenario della nascita*, Trieste, Circolo della Cultura e delle Arti, 1963, p. 18.

Che la sconfitta del Nitti si consumi a Trieste,[21] « non piú naturalistico "ambiente" ma segreta matrice di fatti e di situazioni, luogo piuttosto metafisico che geografico o geometrico » (Montale), come altre contemporanee sconfitte romanzesche si consumano a Praga o a Dublino, non è certo un caso. Né è un caso che a farsi critici della borghesia siano nella stessa epoca scrittori che, anche nella biografia, subiscono il morso del modo di vita borghese tra la fine del secolo XIX, eroico e piratesco, e gli inizi del XX, piattamente e brutalmente massificante.

Senilità

Alla seconda edizione di *Senilità* (1927) Svevo premette una nota in cui tra l'altro si legge:

> « Pensa Valery Larbaud che il titolo di questo romanzo non sia quello che gli competa. Anch'io, che so ormai che cosa sia una vera senilità, sorrido talvolta di aver attribuito ad essa un eccesso in amore ».[22]

E poche righe dopo, comunque:

> « Mi sembrerebbe di mutilare il libro privandolo del suo titolo che a me pare possa spiegare e scusare qualche cosa. Quel titolo mi guidò e lo vissi ».[23]

L'Ettore Schmitz che scrive queste parole è l'ormai

[21] Scrive E. Montale (ibidem, p. 19): « In *Una vita* appare per la prima volta il piú singolare personaggio sveviano, quello che potremmo dire il personaggio-città: Trieste stessa ».

[22] Cfr. la *Nota* di Italo Svevo all'edizione 1927 di *Senilità*, oggi in *Opere*, cit. (a cura di Bruno Maier), p. 428.

[23] Ibid., p. 429.

celebre Italo Svevo; enorme è la distanza che in tutti i sensi lo separa dal trentasettenne autore di *Senilità*; eppure la convinzione che il romanzo consti in profondo di qualcosa di non modificabile, al punto che lo stesso titolo lontano e sfortunato faccia corpo con esso per una sorta di fatale necessità, mostra quanto poco il triestino fosse un professionista della letteratura, e quanto invece fosse cosciente[24] di aver lavorato, al di là di ogni bellettrismo, per comunicare, mediante il genere « romanzo », un messaggio che lo riguardava intero e che non era facilmente disposto a restaurare, sia pure in superficie e dietro la spinta di esigenze anche seriamente motivate, come quelle dell'amico Larbaud.[25]

In effetti, con il secondo romanzo, il narratore entra sicuramente nella sua prima e già ricca maturità. Quella che Montale ha definito « l'epica della grigia causalità della nostra vita di tutti i giorni »[26] si presenta già spiegata e, quasi al di là di ogni calcolo, liberamente naturale. Gli impacci scolastici e le preoccupazioni di procedere in cordata servendosi dei rampini del romanzo sperimentale, che costituiscono l'irrisolta contraddizione di *Una vita*, nel secondo romanzo sveviano sono già bruciati. Fin dall'attacco si avverte un'altra sicurezza, la mano di uno scrittore che lavora sul suo terreno, senza piú bisogno di supporti culturali che, inevitabili in passato, fanno parte oramai di un'esperienza consumata:

« Subito, con le prime parole che le rivolse, volle

[24] Scrive Eugenio Montale in *Italo Svevo nel centenario della nascita*, cit., p. 20: « Non ho conosciuto scrittore piú di lui consapevole intuitivamente, meno di lui conscio dei significati che il tempo doveva attribuirgli ».

[25] Cfr. lettera di Valery Larbaud a Svevo del 20 febbraio 1925, in *Vita di mio marito*, cit., di Livia Veneziani Svevo, p. 106.

[26] Cfr. Eugenio Montale, *Italo Svevo*, in « L'Italia che scrive » IX, 1926, p. 118.

avvisarla che non intendeva compromettersi in una relazione troppo seria. Parlò cioè a un dipresso cosí: – T'amo molto e per il tuo bene desidero ci si metta d'accordo di andare molto cauti. – La parola era tanto prudente ch'era difficile di crederla detta per amore altrui, e un po' piú franca avrebbe dovuto suonare cosí: – Mi piaci molto, ma nella mia vita non potrai essere giammai piú importante di un giocattolo. Ho altri doveri io, la mia carriera, la mia famiglia ».[27]

Ciò che colpisce in quest'apertura di romanzo, in rapporto al suo antecedente, sono almeno due elementi: 1) il fatto che Svevo elimini senza indugi la « cornice » dell'azione drammatica; 2) la perentorietà con la quale, operando riduttivamente in estensione ma additivamente in profondità, lo scrittore individua immediatamente la situazione dei personaggi e il rapporto che gli stessi intrattengono con l'ambiente.

Gli anni che corrono dal 1892 al 1898 non gli permettono di coltivare ulteriori illusioni, sia a livello personale che a livello sociale. Sono anni contrassegnati da alcune vicende private che incidono profondamente sull'uomo e sul romanziere: la morte del padre (1892), la morte della madre (1895), il matrimonio con Livia Veneziani (1896), la dura routine del triplice impiego in banca, a « Il Piccolo » e all'Istituto Revoltella. Della stessa epoca è la lettura approfondita di maestri della psicologia romanzesca come Ibsen e Tolstoj, e l'incontro con quel grande guastatore del reticolato naturalista che è Dostoevskij, esperienza non trascurabile per uno che, come Svevo, avvertiva di non potersi piú muovere dentro abiti non suoi e cercava la sua vera misura. Ma c'è di piú. Sono gli anni che vedono esaurirsi i fermenti del naturalismo in tutte le letterature

[27] Cfr. *Senilità*, in *Opere*, cit., p. 431.

europee che avevano dato un contributo significativo a questo momento di sviluppo della « razionalità » borghese (Fontane e Hauptmann in Germania; Hardy e Meredith in Inghilterra; Zola, France e Daudet in Francia; Ibsen in Norvegia ecc.), proprio perché l'ingresso delle grandi potenze borghesi nella fase imperialistica, orgogliosamente autocratica e totalitaria nella sostanza se non nelle apparenze, non lascia piú spazio alla denuncia sociale che, volontariamente o meno, era stata il lievito del naturalismo, la sua profonda ragione democratica e progressiva, sia a livello ideologico che a livello espressivo.

La crisi della cattiva coscienza borghese corrode non soltanto gli schemi esterni del procedimento naturalistico, ma addirittura la certezza di poter « dare » il mondo nella sua totalità chiudendolo in un racconto, in un romanzo, in un dramma. Il patologico si scatena da protagonista, non piú da oggetto di osservazione scientifica, nei libri e negli autori di diretta filiazione dostoevskiana, da Nietzsche a Strindberg; la psicologia si dilata e si schianta contro le pareti di un universo che ha già i tratti dell'« assurdo » novecentesco; l'irrazionalismo eversivo o reazionario sgomina l'ordinata strategia dei vari naturalismi e dei vari verismi. In un processo tanto contraddittorio esercita un peso schiacciante il trionfalismo che permea l'ideologia ufficiale dell'imperialismo in espansione, la quale cerca tra gli scrittori i suoi apologeti. C'è un mondo che si presenta come « natura »: da esso si può uscire solo con la morte o con la follia. Tertium non datur. Essendo questo il solo mondo possibile, la nevrosi degli scrittori antinaturalistici, incapace di negarne le premesse e il diritto all'esistenza per limiti ideologici e culturali (cioè per limiti di classe), da una parte si affida alla entusiastica approvazione dei mali del capitalismo industriale come espressione dell'energia e del dominio dell'individuo (la darwiniana *lotta per l'esistenza*, ridotta a formula estrapolata dai suoi contesti legittimi, dà luogo all'impianto di un inattendibile biologismo sociologico da cui deriva la legittimità della lotta che il capitalismo conduce per prolungare il proprio dominio di classe, al punto che la borghesia industriale e finanziaria che si impadronisce con mezzi energici e sbrigativi del potere, gestendolo a proprio esclusivo vantaggio, risulta l'espressione della « legge di natura » e della « selezione naturale » all'interno del quadro sociale); dall'altra ripiega verso i motivi dell'individualità assoluta, asociale, superumana.

Il solo scrittore che realmente riesca a superare il riformismo naturalistico e positivistico è Nietzsche, il quale demolisce spietatamente le speranze e le illusioni della piccola e media borghesia europea, ne smonta la fiduciosa falsità e ne smaschera il penoso egoismo. L'ambiguità del reale borghese e la sua sostanziale ipocrisia, il suo formalismo e la sua ferocia, ecco gli obiettivi che si impone di colpire l'uomo che poté passare, a forza di menzogne architettate sulla sua biografia e di manipolazioni perpetrate sui suoi testi, come il precursore del nazismo; e che nel 1888, in *Volontà di potenza*, dettava la tremenda ammonizione: « Dar prova della potenza e della sicurezza acquisite mostrando che "si è disimparato ad aver paura"; scambiare la diffidenza e il sospetto con la fiducia nei nostri istinti; amare e onorare se stessi nella propria saggezza e perfino nella propria *assurdità*; essere un po' pagliacci, un po' dèi; né faccia tetra né gufo; né serpe... ». Siamo insomma al *redde rationem* di un'epoca e di una civiltà, che vede incrinarsi le proprie fondamenta e gioca l'alternativa illusoria dell'individuo come entità illimitatamente libera: ma libera all'interno della propria coscienza stravolta. Oltre l'estrema lucidità c'è non piú lo scatenamento di tutti i sensi di cui diceva Rimbaud, ma la perdita dell'identità, la visceralità indifferenziata, la pazzia. È appunto la parabola di Nietzsche.

Il borghese Svevo, che la compirà tutta intera anche lui, ma anziché dentro l'abisso sulla lama del crinale che lo guarda, punta sull'autobiografia, processo di cui *La coscienza di Zeno* è al tempo stesso il manifesto e la realizzazione poetica piú alta. Autobiografia non come saracinesca chiusa sul mondo esterno, ma come filtro indispensabile a leggerne il caos angoscioso: a differenza, si badi bene, di tutto il filone intimistico e lirizzante, individualistico-piccoloborghese nel senso piú pedestre, che da noi passa con minore o maggiore profondità attraverso la produzione di De Amicis, Giacosa, Graf, Fogazzaro, Pascoli, Ada Negri; e piuttosto, semmai, in conformità ai grandi esempi dell'autobiografismo europeo, non ignaro dei toni ironici e grotteschi, da Sterne a Kierkegaard.

Del resto, la presenza di questo versante non si coglie forse già in *Una vita*, nel quale però agisce allo stesso titolo di altri elementi che finiscono per sminuirne il risalto?[28] Certo è che il chiamare in causa soprattutto la propria biografia interiore dà a *Senilità* un carattere decisamente nuovo rispetto al libro precedente, e funziona da macchina portante e dinamica di un percorso psicologico che è già indirizzato verso la *Coscienza*.

Questo che si potrebbe definire un processo di interiorizzazione aperta, è controllato con sicurezza dal romanziere. Basti vedere con quali modi fluidi e con quale tecnica aggirante (a differenza dei procedimenti rigidi e frontali di *Una vita*) il lettore venga introdotto fin dai primi movimenti del libro nella vita del protagonista Emilio Brentani, con una *terza persona* che è sostanzialmente *prima* e fa presagire l'ingresso imminente del monologo interiore:

[28] Scrive lo stesso Svevo nel cit. *Profilo autobiografico*, parlando di *Una vita*: « La vita d'Italo Svevo alla Banca è descritta accuratamente in una parte del suo primo romanzo *Una vita*. Quella parte è veramente autobiografica ».

« La sua famiglia? Una sola sorella non ingombrante né fisicamente né moralmente, piccola e pallida, di qualche anno piú giovane di lui, ma piú vecchia per carattere o forse per destino. Dei due, era lui l'egoista, il giovane; ella viveva per lui come una madre dimentica di se stessa, ma ciò non impediva a lui di parlarne come di un altro destino importante legato al suo e che pesava sul suo, e cosí, sentendosi le spalle gravate di tanta responsabilità, egli traversava la vita cauto, lasciando da parte tutti i pericoli ma anche il godimento, la felicità. A trentacinque anni si ritrovava nell'anima la brama insoddisfatta di piaceri e di amore, e già l'amarezza di non averne goduto, e nel cervello una grande paura di se stesso e della debolezza del proprio carattere, invero piuttosto sospettata che saputa per esperienza ».[29]

La topografia morale di Svevo è già presente in gran parte, in questo approccio alla storia di Emilio: lo squallore di due vite mancate, che non hanno mai conosciuto la giovinezza e praticamente non sono mai uscite da quel limbo opaco che Svevo chiama « senilità »; il complesso di esclusione sofferto quasi senza ribellarsi; la sensazione oscura di alimentare con la propria vita una malattia, una debolezza congenita, una oscura tara che blocca il libero corso dei propri atti e pensieri e progetti. L'individuo è congelato nella sua separatezza, avverte di essere « diverso » e la sua anomalia spirituale gli pesa addosso dolorosamente, come capiterà circa negli stessi anni agli « inetti » di Tozzi. Che questa diversità, poi, riposi anche sulle origini semite dello scrittore, come indica il Debenedetti in un'analisi acuta e affascinante, è un dato di fatto che va accolto per una comprensione piú sottile di questo

[29] Cfr. *Senilità*, in *Opere*, cit., p. 431.

predestinato all'errore e allo scacco che è Emilio Brentani: « Anche Svevo dunque, allorché sentí comporsi sotto le spoglie di un eroe di romanzo il lievito torturante della propria vita, e inscriversi nel profilo di quella maschera la zona d'ombra della propria autobiografia – si trovò avere obbedito, lui ebreo d'origine, all'oscura suggestione e agli incessanti richiami delle sue origini. La stessa sincerità e necessità del suo protagonista ci comprovano come costui sia colto nei nuclei segreti e inevitabili della sensibilità dell'autore, nella matrice dove anche le meglio assortite rime di un poeta si prefigurano come un *tic* nervoso. E come il Weininger, sotto veste di filosofo, a liberarsi di questo personaggio che lo infestava, si era provato a scagliarlo via dentro l'involucro di una tesi antisemita, rischiarata da un crudo, e quanto dolente, lume di ragione; cosí Svevo se ne libera in una figura di romanzo, costrutta col sentimento di una intransigente compassione, e aggiustata con gli strumenti di una critica consapevole fino a diventare sospetta. Con una implacabilità, un gusto della ritorsione, che ricordano l'appassionata ferocia dell'antisemitismo semita, ha portato il suo personaggio alla disfatta, senza concedergli tregua, ma nel tempo stesso ve lo ha accompagnato con un cruccio carnale, suscettibile e pronto alle difese come l'innata solidarietà di razza ».[30]

Anche Brentani ha « un impieguccio di poca importanza » presso una società di assicurazioni, e al contempo una « carriera letteraria » che gli ha fruttato una « riputazioncella triestina ». L'elemento autobiografico (l'ambizione letteraria avvilita dalle necessità impiegatizie) si affaccia qui prepotente, ma è ribaltato rispetto al protagonista romanzesco, dal piano della verità esistenziale, e quasi sublimato: nel senso che,

[30] Cfr. Giacomo Debenedetti, *Saggi critici*, Roma, Ediz. del Secolo, 1945, pp. 68-69.

a differenza di quanto gli era accaduto nella vita, Svevo concede al suo personaggio un buon successo di critica, per quanto ristretto all'ambito municipale, e insieme la « chiarissima coscienza » di essere una sorta di nullità letteraria, che non fu mai sua. In questo modo lo scrittore prende le distanze dalla sua creatura, e ne fissa crudamente i connotati spirituali.

L'inerzia del Brentani è già in partenza (e da sempre) quella di uno sconfitto per vocazione, il quale « viveva sempre in un'aspettativa, non paziente, di qualche cosa che doveva venirgli dal cervello, l'arte, di qualche cosa che doveva venirgli di fuori, la fortuna, il successo, come se l'età delle belle energie per lui non fosse tramontata ».[31]

A differenza di Alfonso Nitti, nel quale le risorse di combattività verranno meno solo alla fine, il nuovo personaggio nasce battuto. Questo marchio di sconfitta è esaltato dalla presenza di Angiolina, sua amante, che appare in piena luce a primeggiare sin d'ora nelle pagine del libro:

> « Angiolina, una bionda dagli occhi azzurri grandi, alta e forte, ma snella e flessuosa, il volto illuminato dalla vita, un color giallo di ambra soffuso di rosa da una bella salute, camminava accanto a lui, la testa china da un lato come piegata dal peso del tanto oro che la fasciava, guardando il suolo ch'ella ad ogni passo toccava con l'elegante ombrellino come se avesse voluto farne scaturire un commento alle parole che udiva ».[32]

È un altro ritratto della folta galleria sveviana: e assolutamente mirabile. Eppure, a differenza dei ritratti di *Una vita*, vi circola un sangue che è al tempo stesso fisiologico e intensamente interiorizzato; l'arte

[31] Cfr. *Senilità*, in *Opere*, cit., p. 432.
[32] Ibid.

del narratore è assai piú scaltrita: nel contesto di una serie di dati fisionomici decisamente attraenti, il particolare della « bella salute » non è piú soltanto un elemento fisico, ma piuttosto un presagio di volgarità morale: Angiolina s'intuisce, già ora, la puledra capricciosa e sensuale che si rivelerà in seguito.

Non ci vengono fornite notizie sulla genesi di un amore che per il Brentani diventerà sempre piú l'esclusivo assillo della vita, fino a trasformarsi in angoscia desolata, nel segno assoluto di un fallimento esistenziale. Svevo non rivela dove e in che modo la relazione abbia avuto inizio, né si preoccupa di insistere sugli accessori che possano dar credibilità mimetica allo stato civile dei personaggi e alla loro collocazione nella gerarchia sociale, come si era prodigato a fare in *Una vita*: ora lo scrittore ha preso coscienza di quanto *per lui* è indispensabile e di quanto è superfluo. È questo che genera quella specie di alone gioiosamente fisico che Angiolina spande attorno alla sua persona, di sensualità precariamente soddisfatta e un poco torbida che coinvolge in un primo tempo Emilio, e per riflesso l'infelice sorella Amalia, col concorso dell'altra figura importante del quadrilatero: lo scultore Stefano Balli, grande amico di Emilio e temperamento estroverso e carico di vitalità.[33] Anche l'ingresso di quest'ultimo nel romanzo avviene senza la tradizionale preparazione: la sua presenza, si può dire, è già tutta nel nome, che pare riempirsi d'improvviso, nel momento stesso

[33] Nello straordinario saggio *Svevo e Schmitz*, in *Saggi critici*, cit., Debenedetti legge nel carattere di Emilio i « segni della femminilità » e nel carattere del Balli i segni della virilità; e ancora, parallelamente, nel primo la passività dell'« ebreo », nel secondo la sicurezza aggressiva dell'« ariano » (cfr. pp. 68-69).
Svevo scrive d'altronde in *Senilità*: « Uomo nel vero senso della parola, il Balli non riceveva e quando si trovava accanto il Brentani, poteva avere il sentimento di essere accompagnato da una delle tante femmine a lui soggette » (in *Opere*, cit., p. 437).

in cui lo scrittore lo pronuncia per la prima volta, di uno spessore simbolico, quasi demiurgico.

Il Brentani, che « aveva succhiato dai libri, una grande diffidenza e un grande disprezzo dei propri simili » per inserirli confusamente nella sorta di socialismo aristocratico che crede di professare, subisce il fascino vistoso dell'amico, spavaldo e deciso, « persino nel modo di camminare, parlare, gestire ». Ed è in effetti attorno a questo singolare bohémien di provincia che si muoverà il carosello di umiliazione, di menzogna e di tragedia che trascina Emilio, Angiolina e Amalia verso destini tutti diversamente irrisolti. I suoi consigli di esperto seduttore mettono in guardia Emilio dal rischio di cadere nella trappola di un amore troppo impegnativo. Ma il Brentani, che per la prima volta nella vita si è imbarcato in una passione soprattutto sensuale e non vuole rinunciare alle sue dolcezze, ignaro del veleno che sta lentamente sorbendo, non dà troppo peso agli avvertimenti dell'amico secondo il quale Angiolina avrebbe accordato con sospetta disinvoltura il primo appuntamento.

Il primo capitolo del romanzo, dall'inizio tanto memorabile, si chiude in un modo stupendo, col profumo malinconico e struggente di un interno grigio, con la esaltazione riflessa di Amalia (viva della vita degli altri) dopo che il fratello l'ha messa al corrente della novità:

> « Ella non era passiva ascoltatrice, non era il fatto altrui che l'appassionasse; il proprio destino intensamente si ravvivava. L'amore era entrato in casa e le viveva accanto, inquieto, laborioso. Con un solo soffio aveva dissipata l'atmosfera stagnante in cui ella, inconscia, aveva passati i suoi giorni ed ella guardava dentro di sé sorpresa ch'essendo fatta cosí, non avesse desiderato di godere e di soffrire.

> Fratello e sorella entravano nella medesima avventura ».[34]

La frase di chiusura ha un valore determinante, suona come un presagio, il primo segno di un disastro. Mai « avventura » sarà cosí poco avventurosa in senso esteriore. La rovina che travolgerà i due fratelli (la coppia dei deboli, contro la coppia dei forti costituita dal Balli e da Angiolina) toccherà il suo diapason proprio nelle fibre e nella psiche sconvolta della creatura piú indifesa, Amalia, in una sorta di scoppio silenzioso di inaudita violenza.

Il successivo incontro di Emilio e Angiolina:

> « Egli aveva osato una carezza timida sui capelli: tanto oro. Ma oro anche la pelle, aveva soggiunto, e tutta la persona. Credeva cosí d'aver detto tutto mentre ad Angiolina non parve. Ella stette un istante pensierosa e parlò di un dente che le doleva. – Qui, – disse e fece vedere la sua bocca purissima, le gengive rosse, i denti solidi e bianchi, uno scrigno di pietre preziose legate e distribuite da un artefice inimitabile, la salute. Egli non rise e baciò la bocca che gli si era offerta ».[35]

La scena è francamente maliziosa e sensuale, carica di fisicità: e non solo in senso erotico. L'insistenza sul particolare della « salute » della ragazza, pieno di quasi invidiosa dolcezza, denuncia il polo opposto della « senilità » di Emilio. Angiolina è una creatura terrestre, completa e soddisfatta di stare al mondo. In lei l'incoscienza esclude la lacerazione che provoca il pensiero, la riflessione sul proprio stato. Come il suo innamorato è dimidiato, cosí lei è naturalmente intera. Emilio soffre la propria alienazione, come lei la degusta senza

[34] Cfr. *Senilità*, in *Opere*, cit., p. 438.
[35] Ibid., p. 439.

avvertirla, tutta protesa a mordere la vita attraverso le sue robuste energie.

E la scioltezza con cui si muove Svevo dal piano esteriore a quello interiore, la disinvoltura serpentina con cui agisce la lingua come medium di una condizione umana sorpresa in tutti i suoi risvolti, sono il segno di una maturità non equivoca. Il secondo degli amori sbagliati di Svevo (dopo quello di Alfonso ed Annetta in *Una vita*) si snoda nel suo gioco ambiguo e cangiante, non piú come momento isolato di una vicenda esistenziale, ma come una spirale che interessa tutto il romanzo e tutti i personaggi e soffoca i piú fragili tra i protagonisti. Come nota A. Leone De Castris, in *Senilità* « ad una incapacità preliminare succede una approfondita consapevolezza delle proprie umane debolezze, un illuminarsi sempre maggiore dei propri limiti reali. Allora anche la sofferenza, e l'accecante dialettica di quell'amore turbato, il disprezzo e il dolore, si dispongono in una interna durata, in una capacità corrosiva della coscienza che ne smussa l'oggettiva implacabile crudeltà ».[36] In questo senso, Emilio Brentani è già sulle orme di Zeno Cosini, questo fuggitivo che solo attraverso la propria « senilità » di uomo è riuscito a Svevo di prendere.

C'è fin dall'inizio del romanzo un intrecciarsi di insinuazioni sul passato di Angiolina, che avvolgono la fiducia di Emilio. Ma la chiara esperienza della ragazza in amore non insospettisce il giovane, proprio perché egli si trova ad elaborare un suo piano di « educazione sentimentale » e morale di cui in certo senso Angiolina dovrebbe essere la cavia e la adorata destinataria. Cristallizzazione e strumentalizzazione della persona amata sono compresenti nel Brentani, e giocano la loro dialettica avulsa, in realtà, dallo stesso loro oggetto, dal mo-

[36] Cfr. Arcangelo Leone De Castris, *Italo Svevo*, Pisa, Nistri-Lischi, 1959, pp. 135-36.

mento che Angiolina segue una sua tattica personale e femminilmente cinica. La gelosia di Emilio insorge quando per la prima volta entra in casa della ragazza (un altro degli « interni » sveviani, la cui presenza, in genere sordida o banalmente fastosa, tanto peso ha da *Una vita* a *La coscienza*: e che rappresentano la meschina alternativa « cittadina », chiusa e greve, alla apertura « naturale » degli struggenti paesaggi triestini di *Senilità* e di *Zeno*) e scopre un gran numero di fotografie di suoi conoscenti, dal malevolo Sorniani al Leardi al pittore Datti. È una sorta di illuminazione dolorosa sulla vita della ragazza che non gli appartiene, e lo getta in un primo momento nel panico. Ma Emilio « vuole » credere all'innocenza di Angiolina: per cui « rimuove » i sospetti sul suo conto per non perdere la felicità sia pure tormentata che sta vivendo, e s'impone di accettare la giustificazione della ragazza, che gli gabella le immagini per quelle di amici dell'ex fidanzato Merighi. La scena di questa scoperta è bellissima, e Angiolina vi figura come un compiuto risvolto della Annetta di *Una vita*, anche se piú sguaiata e predace, e per certi versi (gli scoppi d'ingenuità, l'innocenza apparentemente disarmata) l'anticipazione della Carla della *Coscienza*. Abbiamo ancora una volta la prova che i personaggi di Svevo sono in fondo delle variazioni su un tema costante e profondo: un certo tipo di uomo i cui tratti tendono dal primo al terzo romanzo, e fino all'incompiuto *Vecchione*, a una fisionomia decisamente autobiografica ma vigilmente critica; un certo tipo di donna sensuale, sfuggente e astuta che, accanto a presenze femminili piú « sororali » e « materne », si determina come vittoriosa sul maschio sconfitto.

> Emilio « aveva una soddisfazione completa dal possesso incompleto di quella donna, e tentò di procedere oltre solo per diffidenza, per timore di venir deriso da tutti quegli uomini che lo guar-

davano. Ella si difese energicamente: i suoi fratelli l'avrebbero ammazzata. Pianse una volta in cui egli fu piú aggressivo. Non le voleva bene se voleva renderla infelice. Allora egli rinunziò a quelle aggressioni, racchetato, lieto. Ella non era appartenuta a nessuno ed egli poteva essere certo di non venire deriso ».[37]

Ricordiamo la scena della seduzione di Annetta, che si configura come un « furto »? Qui il furto non viene perpetrato, eppure sentiamo che Emilio (soddisfatto e generoso) è mille volte piú di Alfonso (umiliato e pentito) uno strumento nelle mani della donna. L'inganno non contempla contropartite: chi lo adotta si serve dei mezzi piú spregiudicati per attuarlo, con assoluta amoralità. Ma l'amoralità di Angiolina, pure cosí animale e terrestre, se confrontata per esempio con quella delle coeve eroine dannunziane e in genere concepite nel ventre del decadentismo, ha uno spessore « morale » e psicologico incomparabilmente piú profondo e variegato, una verità umana e un cosí autonomo spicco da farne un grande personaggio romanzesco, non piú un'ipostasi ideologica o culturale.

La promessa formale che Angiolina sarà sua quando la sua reputazione non avrà a subire nocumento, rassicura definitivamente Emilio sulla buonafede della ragazza. Ma Svevo tiene costantemente in azione varie prospettive, frontali e sguincie al contempo. Al livello delle psicologie, realizza uno sdoppiamento e un'ambiguità talmente sottili da chiamare in causa già Pirandello. Il senso di essere immersi in una realtà fluida e la costatazione che nei personaggi coabitino uno, nessuno e centomila individui, dà al liquido vitale che percorre il romanzo una modernità e una capacità di suggestione intensissima. Questo liquido lo intride con

[37] Cfr. *Senilità,* in *Opere,* cit., p. 450.

naturalezza: Svevo ha capito che l'ipocrisia e l'apparenza sono davvero la « sostanza » dei rapporti che regolano il gran teatro del mondo: e teatrale, nel senso del ritmo che incalza verso la tragedia e la malinconica catarsi,[38] è anche l'altalena del rapporto tra Emilio e Angiolina.

Ecco che questa sorta di Oblomov italiano[39] che è Emilio Brentani, trova la sua « salute » dopo un angoscioso itinerario, alla fine del quale sarà anche il recupero della propria identità perduta.

Per il momento, la scoperta della vera personalità di Angiolina, cosí ben delineata dal Pampaloni (« Bionda, alta, gioviale, sana, infingarda, bugiarda per difendere a oltranza la propria libertà di tradimento, volgare, bella, imperturbabile, scaltra e infantile al tempo stesso, sensibile al denaro e al chiaro vigore del rapporto amoroso ma non insensibile anche alla retorica sentimentale che lusinga e solletica una sua certa vaga propensione di credersi un'eroina, Angiolina è personaggio indimenticabile, la vera Lady Roxana del nostro romanzo » – « Terzo Programma », 1964, n. 2, pp. 79-77), procede coi morsi della gelosia e del sospetto, che sempre piú frequentemente e motivatamente avvelenano la tranquilla dolcezza di un amore, oramai degenerato in passione cieca e unilaterale. Non basta che Emilio subisca il trauma umiliante del fidanzamento della ragazza con un certo Volpini di Fiume, sarto, che dovrebbe

[38] In effetti, se si esclude la commedia *Un marito*, del 1903, i tentativi teatrali di Svevo sono piuttosto infelici. Il senso del ritmo dialogico e mimico non poteva essere il forte di uno scrittore analitico e introspettivo come il triestino. Ma una perfetta cadenza « teatrale » possiedono certe pagine narrative, sia in *Senilità* che in *Zeno*, libro per il quale taluni hanno fatto il nome di Charlot.

[39] Giuliano Manacorda sottolinea certe analogie tra l'opera di Svevo e l'*Oblomov* di Gončarov (Cfr. *Oblomovismo italiano? La fortuna letteraria di Italo Svevo*, in « Rinascita », VI, 1949, pp. 276-80).

essere destinato a far da copertura al loro rapporto finalmente completo; ma la ragazza prende oramai a civettare apertamente, in presenza di Emilio, rivelando sempre piú il suo disinteresse per il giovane e la volgarità del suo narcisismo. Certe istantanee di Angiolina in veste di adescatrice, un misto di leggerezza sensuale e di greve malizia, sono indimenticabili, con quell'occhio che « *crepitava* » e « alle labbra una sottile striscia di sangue rosso che gridava sui denti ».

Inizia la sofferenza dell'innamorato che si sente trascurare. Il Balli, suo « maestro di vita », al quale Emilio ha confidato di volersi disfare della donna, lo convince a partecipare con lei a una cena a quattro, in cui sarà presente anche una sua amica, Margherita. Si tratterà di una « lezione » pratica su come un uomo « vero » debba comportarsi con le donne.

Siamo in presenza di una delle grandi scene del libro, teatrale e tristissima, nella misura in cui la vitalità e la gestualità del Balli si contrappongono all'inerte accettazione di Emilio, l'ardore eccitato di Angiolina alla scolorita presenza di Margherita. La lezione balliana sortisce almeno l'effetto di infondere un minimo di energia all'amico deluso. Quando la sera dopo Angiolina (che sarà d'ora in poi « Giolona », diminutivo sprezzante e un poco triviale affibbiatole allegramente dal Balli, e da lei volentieri accettato: non piú « Ange », come snobisticamente era in precedenza per Emilio) confiderà all'innamorato il progetto di strumentalizzare matrimonialmente il sarto Volpini perché finalmente la loro relazione, da incompleta diventi effettiva, Emilio accetta il compromesso come la conquista della « salute » e della « normalità ». Il suo complesso d'inferiorità sembra superato:

> « Sarebbe stata sua! Non era cosí ch'egli aveva sognato il possesso, ma l'abbracciò anche lui con effusione e volle convincersi d'essere perfettamente

felice. Senza dubbio, doveva esserle grato! Ella gli voleva bene, o meglio voleva bene anche a lui. Di che si sarebbe potuto lagnare?
D'altronde era forse quella la guarigione ch'egli sperava. Insozzata dal sarto, posseduta da lui, *Ange* sarebbe morta, e si sarebbe divertito anche lui con Giolona, lieto com'ella voleva tutti gli uomini, indifferente e sprezzante come il Balli ».[40]

Il quadrilatero momentaneamente formato da Emilio, Angiolina, Balli e Margherita, si ricompone stabilmente coi primi tre e la sorella Amalia, in un contrappunto sempre piú drammatico. Il Balli entra nella vita della grigia Amalia come un turbine, sconvolgendola. D'altro canto, Emilio insiste nella sua missione di pedagogo e di redentore di Angiolina, adottando verso la sua straripante volgarità una gentilezza quasi paterna e un rispetto nel quale è comunque incapace di credere fino in fondo, oramai consapevole (ma non fino all'accettazione dell'abbandono e alla rinuncia, che verranno piú tardi) della vera, incorreggibile natura della ragazza.
Interviene a questo punto una nota nuova e profonda: la gelosia provocata in Emilio dal turbamento evidente prodotto in Amalia dalla irruente sicurezza del Balli, che a un certo momento rischia di guastare i rapporti di amicizia tra i due, proprio perché cade in una fase di crisi straziante causata in Emilio dai troppi indizi d'infedeltà di Angiolina. La scena a tre in casa Brentani, con Amalia oramai innamorata dello scultore scossa da fiammate di vitalità che guizzano sotto la cenere della sua povera esistenza, e il senso cupo di solitudine che grava su lei e sul fratello, cosí irrimediabilmente lontani dalla spavalda sicurezza dell'altro, è di straordinaria potenza icastica e di grande profondità

[40] Cfr. *Senilità*, in *Opere*, cit., pp. 469-70.

psicologica. La fatalità dei destini si personalizza intensamente:

> « Credeva di aver pensato intensamente, e perciò di aver intuito lo stato d'animo del disgraziato fratello; lo aveva percepito invece nel proprio sentimento. Ella era rossa, rossa. Certi accenti di quel colloquio echeggiarono nell'anima sua come il suono delle campane nel deserto; lungi, lungi, percorsero spazi vuoti enormi, li misurarono, riempiendoli improvvisamente tutti, rendendoli sensibili, distribuendovi abbondantemente gioia e dolore. Lungamente ella tacque. Dimenticò che s'era parlato del fratello e pensò a se stessa. Oh, cosa strana, meravigliosa! Ella aveva parlato altre volte d'amore, ma altrimenti, senz'indulgenza, perché non si doveva. Come aveva preso sul serio quell'imperativo che le era stato gridato nelle orecchie sin dall'infanzia. Aveva odiato, disprezzato coloro che non avevano obbedito e in se stessa aveva soffocato qualunque tentativo di ribellione. Era stata truffata! Il Balli era la virtú e la forza, il Balli che dell'amore parlava tanto serenamente, dell'amore che per lui non era stato mai un peccato. Quanto doveva aver amato! Con la voce dolce e con quegli occhi azzurri, sorridenti, egli amava sempre tutto e tutti, anche lei ».[41]

Direbbe Montale, « ma è tardi, sempre piú tardi ». Non c'è piú tempo né vita per reagire alla « truffa » di un'educazione inibitoria e oppressiva: l'infanzia è lontana e attualmente Amalia non ha in mano che la sua disperata coscienza e i cocci frantumati di una esistenza non vissuta. La liberazione alla quale in quegli anni lavora il dottor Freud, e la cui esigenza balugina

[41] Ibid., p. 474.

in queste psicologie stravolte e battute, non potrà renderla a se stessa.

Frattanto, il carosello di uomini che girano attorno ad Angiolina si presenta inesorabilmente davanti agli occhi del disgraziato Emilio in virtú della rivelazione dell'amico, il quale lo informa di aver sorpreso per caso una notte la ragazza in atteggiamenti triviali, in giro per le strade e nei caffè, in compagnia di un'amica e di un non meglio identificato « ombrellaio ». Il capitolo VI, uno dei piú laceranti e drammatici del romanzo, ci mostra Emilio che solo e moralmente distrutto si aggira per la città, deciso a liberarsi violentemente e con disprezzo dell'infedele scesa tanto in basso.

Ad ogni ombra che lontanamente le somigli, la sua sofferenza e la sua agitazione si esaltano, e questo inseguimento di un fantasma beffardo e inafferrabile costituisce una delle grandi invenzioni del libro, con l'immagine di un uomo sconfitto che si scontra col vuoto, come in certi quadri lividi e urlanti di Edvard Munch.

Una volta a casa, Emilio trova la sorella addormentata e ne sorprende alcune frasi ch'ella balbetta a voce alta nel sogno, e che sono la prova della sua passione per il Balli, destinata appunto a esaurirsi nella finzione onirica. Si è decisamente di fronte a una vetta dell'arte sveviana: dove lo stravolgimento reale della sofferenza e la falsa quiete e felicità del sogno s'intrecciano strettamente, il balletto grottesco e disperato dell'inseguimento di Emilio si fonde alla vana ricerca di un affetto impossibile della sorella, il tutto giocato in uno scenario mobile e fluido (esterni urbani, interni domestici) di grande suggestione: a chiudere « come in un cerchio perfetto, il clima fra dostojevskiano e chapliniano di tutta la nottata ».[42]

Dopo il crescendo dei timbri sonori spinti al limite del sostenibile, il capitolo si chiude su un *pianissimo*

[42] Cfr. Marco Forti, *op. cit.*, p. 59.

che è un gemito di rassegnata riconciliazione col mondo, di ripiegato abbandono alla propria condizione di disfatta. La coscienza infelice si illude in una salvezza illusoria:

> « Coricatosi non tornò col pensiero ad Angiolina. Lungamente stette a sentire le parole che gli pervenivano attutite, calme e dolci dall'altra stanza. Stanco, la mente chiusa a qualunque emozione, egli si sentí quasi felice. Rotta la relazione con Angiolina egli si sarebbe potuto dedicare interamente alla sorella. Sarebbe vissuto al dovere ».[43]

In « una Trieste fine Ottocento che poi ritroveremo, sia pure anni dopo e con altro smalto di colore, nella pittura di Vittorio Bolaffio » (Montale), si consuma dunque questo dramma immobile della gelosia e dell'impotenza spirituale che è la cupa musica di *Senilità*. Lo scandaglio di questo sentimento, che è quasi il concentrato di una serie di frustrazioni, scopre Svevo come lo scrittore di analisi e il moralista che egli sarà da questo punto fino alla fine della sua esperienza letteraria. E anche se è facile individuare il ripetersi si direbbe cadenzato di situazioni e di personaggi da *Una vita* a *Senilità* in una sorta di parallelismo fatale (passione, tradimento e abbandono, scacco del protagonista, posizione di fallimento dello stesso rispetto al successo dei personaggi che fanno da controcanto: Macario in *Una vita*, Balli in *Senilità*), tuttavia ciò che conta è vedere come l'apparente riduzione del campo d'interesse dello scrittore, oramai decisamente centrato sull'individuo, risulti in effetti la spinta a un sondaggio in profondità della situazione borghese.

Di fronte all'impossibilità di realizzarsi contro un mondo « nemico », Alfonso si rivolta fino al suicidio, Emilio si chiude nella resa e nella rinuncia della « seni-

[43] Cfr. *Senilità*, in *Opere*, cit., p. 490.

lità ». L'eroismo di Alfonso è ancora un gesto romantico realizzato nella zona dell'utopia. La resa di Emilio è già l'indizio di una presa di « coscienza », l'amaro scotto di una forzata consapevolezza condannata all'inazione e al ricordo sterile, nella dimensione di una memoria falsamente liberatrice, l'unica concessa alla sua « mente di letterato ozioso ». Che è già l'anticipo del severo giudizio di Svevo sull'abito psicologico (ed etico) del « letterato », come si legge in *Saggi e pagine sparse*:

> « Io a quest'ora e definitivamente ho eliminato dalla mia vita quella ridicola e dannosa cosa che si chiama letteratura ».[44]

Anche all'atto di licenziare sdegnato l'infedele Angiolina, Emilio ripete il suo comportamento contraddittorio di indeciso per vocazione. Dopo la scenata, l'eco del gemito doloroso della ragazza lo tenta di tornare da lei. Incontrando per la strada i Merighi e i Leardi che oramai indubitabilmente riconosce come amanti della donna, si rende conto del fatto che « aveva punito se stesso. Tutti l'avevano posseduta meno lui. Perciò il deriso fra tutti quegli uomini non era che lui ».

Ecco che il gioco dialettico e mobilissimo che è tipico di Svevo al livello delle psicologie, dà un'impronta di verità assolutamente moderna alle traversie sentimentali di Emilio, ne mette a fuoco il velleitarismo e il gusto masochistico della complicazione inattiva, caratteri canonici del disagio borghese: ancora una volta egli, il « diverso », si costruisce a suo uso e consumo un piedistallo di falsa nobiltà e di sacrificio, per la sua statua (o il suo simulacro) di « eletto » alla sofferenza.

Chi in realtà paga fino in fondo, ben piú di questo superuomo alla rovescia che è Brentani, è la sorella Amalia, la cui solitudine non ha radici intellettualistiche ma sentimentali e biologiche. Il suo amore dispe-

[44] Cfr. *Saggi e pagine sparse*, cit., p. 289.

rato e impossibile per il Balli si manifesta oramai nella dimensione del delirio, durante i soliloqui notturni captati da Emilio, in cui ella ripete senza speranza il nome dello scultore. Il vizio psicologico del Brentani lo costringe ora all'impegno di liberare la sorella dall'angoscioso turbamento, dopo il fallimento della sua « missione educativa » con un'allieva indisciplinata ed ingrata come Angiolina. Egli cerca di allontanare il Balli, evitando che l'amico continui le sue visite, e togliendo cosí alla povera Amalia l'unico motivo di amore alla vita che la sostenga. La serietà morale della donna ne esce esaltata, ponendosi come polo positivo e nobilmente umano di fronte al polo negativo di quel narcisista della tragedia che è Emilio:

> « Doveva essere un'aspettativa che Emilio non avrebbe sopportata; ci volle certo un grande eroismo per non chiedere nulla, all'infuori della solita domanda: – Il Balli non verrà? – C'era un bicchiere di piú sulla tavola, preparato per il Balli; veniva riposto lentamente in un cantuccio dell'armadio che ad Amalia serviva di dispensa. Quel bicchiere veniva poi seguito dalla tazzina destinata al Balli pel caffè e, riposta anche questa, Amalia chiudeva l'armadio a chiave. Era calma, calma, ma molto lenta. Quando ella gli volgeva le spalle, egli osava guardarla fisso, e allora la sua fantasia gli faceva vedere dei segni di sofferenza in ogni singolo segno di debolezza fisica. Quelle spalle cadenti erano state sempre cosí? Quel collo magro non s'era dimagrito vieppiú negli ultimi giorni? ».[45]

Emilio non riesce ad impedire che una volta il Balli lo accompagni fino alla porta di casa e che la sorella se ne accorga:

[45] Cfr. *Senilità*, in *Opere*, cit., p. 511.

« Molto appresso, salí da Amalia. Ella doveva aver compreso. Non la trovò nel tinello. Poco dopo ella venne, con passo rapido; si fermò dandosi da fare intorno alla porta che non voleva chiudersi. Doveva aver pianto. Aveva gli zigomi rossi e i capelli bagnati; certo, s'era bagnata la faccia per cancellare ogni traccia di lagrime. Ella non chiese nulla quantunque durante il pranzo egli si sentisse continuamente minacciato da una domanda. Evidentemente agitata, non trovava il coraggio di parlare. Volle spiegare la propria agitazione, e raccontò di aver dormito poco. Il bicchiere e la tazza del Balli non comparvero in tavola. Amalia non aspettava piú ».[46]

Questa clausola definitiva, profondamente sveviana, apre in realtà il baratro dinanzi ad Amalia. Ella vi affonderà sempre di piú, fino alla morte, in una solitudine impenetrabile. Il suo segreto, che una volta Emilio si attenta a svelare affettuosamente, come per accomunare in un solo calvario due sofferenze, è oramai qualcosa che fa corpo in modo indissolubile con la sua dignità di donna, con la sua intimità piú profonda e gelosa. Il capitolo IX è occupato quasi per intero dal complicato e ambiguo rapporto tra i due fratelli, che si chiarirà solo con la decisione di Emilio di riallacciare con lo scultore l'amichevole consuetudine domestica, senza offendere la sensibilità, ormai acutamente nevrotica, di Amalia. E l'ultimo sprazzo di vitalità della ragazza ci è dato, con una misura espressiva stupenda, da una sua passeggiata solitaria, durante la quale il fratello le scopre indosso un abito insolito, « dei colori azzurri, chiari, su una stoffa grezza che le vestiva goffamente il povero corpo dimagrito »:

« Ma quale pazza speranza le aveva fatto indossare

[46] Ibid., p. 512.

quei vestiti? Fermamente egli credette che, vestita cosí, avesse sperato di piacere al Balli. Oh, una cosa sorprendente in Amalia, un pensiero simile. Del resto, se realmente ella lo aveva avuto, fu per la prima e l'ultima volta, perché ella ritornò al suo vestito abituale, grigio come la sua figura e il suo destino ».[47]

Ora, « una grande calma e una grande noia incombevano su lui ». Emilio giunge a convincersi d'essere guarito della sua passione e di aver riacquistato la propria libertà. Scatta la sublimazione della sua esperienza attraverso la « letteratura ». Mentre nel suo primo romanzo lo scrittore Brentani aveva rappresentato la passione rovinosa di un giovane artista per una donna concepita « secondo la moda di allora », alla Sacher-Masoch, « un misto di donna e di tigre », ora nella finzione letteraria egli tenta di riscattare la delusione e il fallimento sofferti nella realtà: e inizia a scrivere un romanzo ispirato alla « verità » del suo amore per Angiolina. In principio ne è soddisfatto, ma poi, riprendendo il lavoro la sera dopo, ne riscontra la falsità e l'inconsistenza.

Il romanzo-gioco di *Una vita* è diventato il romanzo-evasione di *Senilità*. Svevo è già consapevole di come la letteratura, da equivalente della realtà, non possa esser trasformata in surrogato di essa: e denuncia l'ulteriore fallimento di chi, sconfitto dalla vita, tenti un mascheramento e una riabilitazione attraverso la vendetta romanzesca. Il motivo del « romanzo-da-fare » ritorna, ma come segno grottesco e drammatico di una sconfitta irrimediabile, dovuta a un atteggiamento di scarsa « serietà » nei confronti del reale che urge e non ammette succedanei, soluzioni posticce.

La presenza schiacciante di Angiolina, vanamente

[47] Ibid., p. 522.

« rimossa », torna di prepotenza a dominare Emilio. Il falso equilibrio che il giovane ha tentato di costruirsi attraverso l'autoconvincimento e poi la mediazione letteraria, precipita non appena la superba fisicità di Angiolina gli si ripresenta davanti in un incontro per la strada:

> « Una sera, accanto al Giardino Pubblico, la vide camminare dinanzi a sé. La riconobbe al noto passo. Ella teneva sollevate le gonne per preservarle dalla fanghiglia, e, alla luce di un gramo fanale, egli vide rilucere le scarpe nere di Angiolina. Ne fu subito turbato. Ricordò che al culmine della sua angoscia amorosa, egli aveva pensato che il possesso di quella donna gli avrebbe data la guarigione. Ora invece pensò: – Mi animerebbe! ».[48]

La ragazza non si sottrae al ritorno di fiamma di Emilio, ed è per lui, nel sordido appartamento di una certa vedova Paracci, sorta di casa d'appuntamenti certo non ignota ad Angiolina, un'amante lasciva e compiacente. I risvolti irrimediabilmente volgari della natura della ragazza vengono oramai alla luce senza piú ritegno. Una specie di spirale di degradazione avvolge d'ora in poi i due amanti. Emilio, pur soddisfatto nei sensi, avverte dolorosamente che la donna gli appartiene meno che mai, oltre che dallo scarso entusiasmo con cui ella gli si concede, dallo sguaiato vocabolario che usa: nuovo per lui, e certamente appreso dalla donna da ignoti compagni di letto.

Oramai il Brentani si sente annegare nell'« immondizia »: pur consapevole dei continui tradimenti della ragazza che sempre piú disinvoltamente trascura di nasconderli, e convinto che spesso ella giunga agli appuntamenti reduce da un incontro precedente, egli vive la

[48] Ibid., p. 595.

condizione del succubo-complice, incapace di difendere la propria residua dignità umiliata:

> « Ma Emilio non aveva piú alcun dubbio: ella usciva dalle braccia di un altro e a lui balenò alla mente – unica via per salvarsi da tanta immondizia – un atto d'energia sovrumana. Non doveva entrare in quel letto; doveva respingerla subito e non rivederla mai piú. Ma egli ora sapeva che cosa significasse *mai piú*: un dolore, un rimpianto continuo, delle ore interminabili d'agitazione, altre di sogni dolorosi e poi l'inerzia, il vuoto, la morte della fantasia e del desiderio, uno stato piú doloroso di qualunque altro. Ne ebbe paura. L'attirò a sé e, per unica vendetta, le disse: – Io non valgo mica molto piú di te ».[49]

È questo che fa parlare Marco Forti di « un'ala di maledettismo forse lontanamente baudelairiano », in un clima squallido e turpe nel quale « cresce un'intimità patetica e certo ambigua di Emilio coi parenti della ragazza, col padre completamente matto, con la madre sciagurata e ruffiana, con la sorellina, come lei bionda ma piú tenue e denutrita, durante le lunghe ore di attesa a casa loro ».[50] E aggiunge correttamente lo stesso Forti: « Da notare peraltro è come, anche in questa fase, Svevo non ceda piú in alcun modo al naturalismo "scientifico" di *Una vita*; come anche queste nuove ricognizioni ambientali siano interamente motivate dalla passione portante del protagonista, dal suo esserne ciecamente e oscuramente condotto e insieme dal suo esserne consciamente giudice e quasi "storico". Emilio Brentani non arriva ancora alla grande e sorridente ricapitolazione biografica, alla "saggezza" di Zeno; ma insieme, come un vero personaggio moderno,

[49] Ibid., p. 537.
[50] Cfr. Marco Forti, *op. cit.*, p. 63.

non abbandona interamente il bandolo della coscienza, della lucidità, quasi di un senso saggistico della situazione che sta vivendo, cosí come avverrà molto piú tardi a certi personaggi di Moravia ».[51]

Mentre il fantasma del sarto Volpini che Angiolina adopera spregiudicatamente da alibi, continua ad aleggiare tormentosamente sul desiderio di Emilio, il loro rapporto si avvita su se stesso. *Ange* è stata oramai del tutto cancellata dalla ghiotta e sfrontata *Giolona*, e il possesso fisico non placa le ansie e le angosce di Emilio. Tuttavia, la sua tendenza alla « fissazione » materna (Angiolina sognata in veste di infermiera caritatevole e premurosa di lui ammalato) e insieme a rivestire il ruolo del pedagogo, rimane inguaribile. È in questo quadro che risulta di grande interesse, oltre che per seguire la dinamica del protagonista del romanzo anche per illuminare certe pieghe ideologiche dell'autore in campo sociale e politico,[52] un passo come il seguente, che rivela come Svevo fosse a quell'epoca tutt'altro che indifferente a una problematica che investiva il paese, improntata a esigenze di maggior giustizia sociale e di mutati rapporti tra le classi, e a cui i ceti dominanti dettero la risposta di Bava Beccaris e delle leggi liberticide di Pelloux:

> « Una sera, trovandosi con Angiolina, egli ebbe un'idea che per quella sera alleviò potentemente il suo stato d'animo. Fu un sogno ch'egli ebbe e sviluppò accanto ad Angiolina e ad onta di questa vicinanza. Essi erano tanto infelici causa il turpe stato sociale vigente. Egli ne era tanto convinto che poté pensare di essere persino capace di una azione eroica pel trionfo del socialismo. Tutta la

[51] Ibid., pp. 63-64.

[52] Non si dimentichi che Svevo collaborò alla «Critica Sociale» di Turati (come informa Antonio Gramsci in *Letteratura e vita nazionale*, Torino, Einaudi, 1952, p. 95).

loro sventura era originata dalla loro povertà. Il suo discorso presupponeva ch'ella si vendesse e ch'era spinta a farlo dalla povertà della sua famiglia. Ma essa non se ne accorse e le sue parole le sembravano una carezza eppoi pareva egli volesse biasimare solo se stesso.
In una società differente egli avrebbe potuto farla sua, pubblicamente, subito, senza imporle prima di darsi al sarto. Faceva proprie anche le menzogne di Angiolina, pur di renderla dolce e indurla a entrare in quelle idee, per sognare in due. Ella volle delle spiegazioni ed egli gliele diede beato di poter dar voce al sogno. Le raccontò quale lotta immane fosse scoppiata fra poveri e ricchi, i piú e i meno. Non v'era da dubitare dell'esito della lotta il quale avrebbe apportato la libertà a tutti, anche a loro. Le parlò dell'annientamento del capitale e del mite breve lavoro che sarebbe stato l'obbligo d'ognuno. La donna uguale all'uomo e l'amore un dono reciproco. Ella chiese delle altre spiegazioni che già turbarono il sogno, e poi concluse: – Se tutto venisse diviso, non ci sarebbe niente per nessuno. Gli operai sono degl'invidiosi, dei fannulloni, e non riusciranno a niente. – Egli tentò di discutere ma poi vi rinunziò. La figlia del popolo teneva dalla parte dei ricchi ».[53]

Dalla chiusa di questo passo, appare evidente come Svevo fosse assai meno fiducioso dell'interessato Emilio nel livello di coscienza delle classi subalterne, verso la fine del secolo. Che questa relativa sfiducia avesse piú di un fondamento nella situazione reale, lo proverà, a distanza di cinque lustri, l'adesione della piccola borghesia e del ceto medio alla reazione fascista. In questo senso, la lucidità con cui lo scrittore esplora il perso-

[53] Cfr. *Senilità*, in *Opere*, cit., pp. 538-39.

naggio di Angiolina (che è la vera grande figura del libro) è totale: Angiolina è metafora di un ambiente, di una situazione storica e di una classe, e soprattutto per questo possiede la profonda verità umana che la rende indimenticabile: al tempo stesso carattere individuale e emblema di un destino storico.

In proposito suona assai pertinente quanto scrive Giorgio Luti. Se si può parlare di « un velleitario socialismo sveviano, [...] un ideale che ponga come base una società costruita sulla giustizia e sull'equilibrio [...], che possiamo cogliere in alcune pagine di sfondo tipicamente sociale ed in certi riferimenti di evidente intonazione filosofico-politica », si può ancora piú fondatamente dire che « nel 1898 Svevo ha già colto la necessità di un profondo rinnovamento sociale, postulato dalla situazione borghese negli anni che precedono immediatamente la guerra ».[54]

Senilità, a differenza di *Una vita*, è la testimonianza di una cieca rovina esistenziale: nel senso che, una volta chiuso il confronto individuo-società ai danni del primo, non resta che analizzare il diagramma di una caduta senza scampo dell'individuo nell'oscuro imbuto della propria disperazione, e i lacerti che ne restano. Il delirio di Amalia, che ha cercato nell'alcool un'impossibile evasione, la sua morte crudelmente liberatoria, il violento disprezzo di Emilio che conclude il suo estremo appuntamento con Angiolina gettandole dietro dei sassi dopo l'ultima menzogna di lei, la presenza al capezzale della morente del Balli che « s'era seduto e guardava in aria con quell'occhio da sognatore con cui cercava le idee. Era evidente, ed Emilio ne provò soddisfazione: Amalia moriva amata dell'amore piú nobile che il Balli potesse offrire » – tutti questi elementi, dosati con precisione potente, concorrono a imprimere alla fine di questa disgraziata odissea urbana

[54] Cfr. Giorgio Luti, *op. cit.*, p. 312.

e borghese un significato non piú « scientifico » ed « effettuale » nel vecchio senso positivistico, ma la pongono all'imbocco centrale della strada del romanzo moderno.

Il capitolo XIII, che praticamente conclude il libro, anche se seguirà un epilogo che vuole rappresentare la malinconica catarsi del sopravvissuto Emilio (cap. XIV) sigilla con grande energia e in modi che superano decisamente il patologismo naturalistico, il destino di Amalia:

> « ... la bocca d'Amalia si contrasse in quello strano sforzo in cui pare che da ultimo anche i muscoli, inetti a ciò, vengano costretti a lavorare per la respirazione. L'occhio guardava ancora. Ella non disse piú alcuna parola. Ben presto al respiro s'uní il rantolo, un suono che pareva un lamento, proprio il lamento di quella persona dolce che moriva. Pareva risultato da una desolazione mite; pareva voluto, un'umile protesta. Era infatti il lamento della materia che, già abbandonata, disorganizzandosi, emette i suoni appresi nel lungo dolore cosciente ».[55]

Cosí epigraficamente, Svevo mette fine al « lungo dolore cosciente » che ha scoperto come una categoria esistenziale attraverso l'infelicità di certi personaggi. D'ora in poi, fino all'esplosione di *Zeno,* egli non farà altro, in anni di « silenzio », che recuperare alla dimensione dell'ironia, cioè di una nuova oggettivazione e di una nuova saggezza, le ragioni oscure di questo dolore: lontano e piú in alto, al contempo, dalle suggestioni naturalistiche di *Una vita* come dai risvolti neoromantici di *Senilità*. L'apertura alla sfera della « coscienza » si rivela del resto nella conclusione del romanzo, quando l'obiettivo torna nella zona circoscritta dell'analisi interiore del protagonista:

[55] Cfr. *Senilità,* in *Opere,* cit., pp. 587-88.

« Lungamente la sua avventura lo lasciò squilibrato, malcontento. Erano passati per la sua vita l'amore e il dolore e, privato di questi elementi, si trovava ora col sentimento di colui cui è stata amputata una parte importante del corpo. Il vuoto però finí coll'essere colmato. Rinacque in lui l'affetto alla tranquillità, alla sicurezza, e la cura di se stesso gli tolse ogni altro desiderio ».[56]

La sublimazione di Angiolina fuggita a Vienna con un cassiere di banca, che nella memoria subisce una trasformazione nobilitante, fin quasi a fissarsi nell'opposta immagine della femminilità frustrata eppure vittoriosa di Amalia, si fonde, genialmente, a quell'ipotesi alternativa di un mondo piú vero e piú giusto, fondato su rapporti umani piú autentici e su una convivenza fraterna, che l'Angiolina reale aveva respinto dal fondo della propria alienazione:

« Anni dopo egli s'incantò ad ammirare quel periodo della sua vita, il piú importante, il piú luminoso. Ne visse come un vecchio del ricordo della gioventú. Nella sua mente di letterato ozioso, Angiolina subí una metamorfosi strana. Conservò inalterata la sua bellezza, ma acquistò anche tutte le qualità d'Amalia che morí in lei una seconda volta. Divenne triste, sconsolatamente interte, ed ebbe l'occhio limpido ed intellettuale. Egli la vide dinanzi a sé come su un altare, la personificazione del pensiero e del dolore e l'amò sempre, se amore è ammirazione e desiderio. Ella rappresentava tutto quello di nobile ch'egli in quel periodo avesse pensato od osservato.

Quella figura divenne persino un simbolo. Ella

[56] Ibid., p. 592.

guardava sempre dalla stessa parte, l'orizzonte, l'avvenire da cui partivano i bagliori rossi che si riverberavano sulla sua faccia rosea, gialla e bianca. Ella aspettava! L'immagine concretava il sogno ch'egli una volta aveva fatto accanto ad Angiolina e che la figlia del popolo non aveva compreso ».[57]

Emilio Brentani guarda già, come a un invito indeclinabile, a Zeno Cosini: dall'inferno della « senilità » il ponte verso l'inquieta quiete della « coscienza » è oramai gettato.

La coscienza di Zeno

Il « silenzio » di Svevo dal 1898 al 1923 non è un vuoto nel quale, improvvisamente e grazie a un'illuminazione geniale, fiorisce un esito poetico originale e rivoluzionario come *La coscienza di Zeno*, come tanta critica ha lasciato acriticamente intendere, avallando cosí la tesi di un presunto dilettantismo sveviano,[58] ma in realtà un periodo di instancabile riflessione, di scavo profondo e di tensione verso la maturità umana, culturale e espressiva, al termine del quale si situa *naturalmente* l'esperienza dell'ultima fase della trilogia romanzesca del triestino. Il capolavoro insomma, si pone come il momento decisivo e conclusivo di un processo tutt'altro che casuale e caratterizzato da sporadici sprazzi di felicità inventiva, vissuto invece dallo scrittore con rigorosa coerenza attraverso un lavoro condotto per venticinque anni secondo la massima che

[57] Ibid., pp. 592-93.
[58] Cfr. in proposito quanto scrive con precisione A. Leone De Castris in *op. cit.*, pp. 175-76 sgg.

« scrivere a questo mondo bisogna, ma pubblicare non occorre ».[59]

Al di là della leggenda del trentennale silenzio[60] quindi, è ormai chiaro come Svevo, malgrado il peso delle delusioni e dell'incomprensione che circondava la sua opera, abbia continuato a lavorare il suo terreno non per vizio arcadico o dietro il miraggio di una tardiva affermazione letteraria, ma nella convinzione che la lenta elaborazione della sua arte esigeva un impegno tutt'altro che sporadico, proteso alla ricerca dei significati piú segreti ed interni, in certo senso da sempre già oltre la preoccupazione dei riconoscimenti ufficiali:[61] come risulta del resto anche da tanti passi dell'*Epistolario*.

D'altronde, sulla necessità del romanzo di venire alla luce, sulla sua natura di ineluttabile punto d'approdo di un lungo tragitto, testimonia lo stesso Svevo:

> « Egli s'era messo a scrivere *La coscienza di Zeno*. Fu un attimo di forte travolgente ispirazione. Non c'era possibilità di salvarsi. Bisognava fare quel romanzo. Certo si poteva fare a meno di pubblicarlo, diceva ».[62]

L'esperienza di Svevo rimane la piú ricca e anche

[59] Cfr. Livia Veneziani Svevo, *op. cit.*, p. 48.

[60] Finalmente sfatata da tempo, grazie anche alla pubblicazione dei voll.: Italo Svevo, *Saggi e pagine sparse*, cit., e Italo Svevo, *Corto viaggio sentimentale*, Milano, Mondadori, 1949.

[61] Per una conferma della serietà umana e della nativa mancanza di romanticismo e di vittimismo decadente in Svevo, si rammenti quanto egli stesso dice in *Profilo autobiografico*, cit., p. 219: « I suoi amici possono testificare ch'egli mai ammise che i suoi romanzi valessero poco. Sapeva chiaramente dei loro difetti ma non si decideva d'attribuire a questi il suo insuccesso. Era perciò vano un suo sforzo ulteriore. Credette sempre che anche a chi ha il talento di fare dei romanzi spetti una vita degna di essere vissuta. E se per ottenerla bisognava rinunziare all'attività per cui si era nati, bisognava rassegnarsi ».

[62] Ibid., p. 223.

la piú sconcertante, nel panorama italiano del primo trentennio del secolo. Il lungo lavoro di accumulazione e di selezione di motivi e di materiali tecnici, mai cessato dal tempo di *Senilità*, trova la sua esatta misura nel 1919: e la riprova che *La coscienza di Zeno* è venuto fuori da un punto di fusione perfetto, la dà anche il periodo brevissimo in cui l'autore compose il romanzo nella prima stesura, di getto e come in preda a una prepotente ispirazione.

La dicotomia tra racconto e autobiografia è risolta proprio sul versante di una non-letteratura, di un antiromanzo avanti lettera. Le vecchie strutture narrative fanno ancora parte di quella perniciosa attività chiamata « letteratura » e quindi non possono piú servire: Zeno, che racconta se stesso a se stesso, fingendo di parlare di eventi accaduti ad altri in sua presenza, non entra di certo come personaggio a tutto tondo nel solco di una narrazione condotta ordinatamente dall'a alla zeta. In effetti, non è neanche un personaggio da epilogo, né da epilogo è la « storia » che egli racconta. Il documento di una guarigione impossibile che egli affida al lettore non ammette conclusioni, ma solo ipotesi. Ed ecco che l'impalcatura del romanzo di ambiente e del romanzo psicologico, nella cui area si consumavano i destini dei personaggi controllati dall'autore come ineluttabilmente altro-da-sé, si polverizza per diventare illimitato spazio ironico aperto al vizio implacato dell'analisi, della congettura e del ricordo. L'edificio di *Zeno* attinge le sue altezze vertiginose a forza di « abbassare » il tono delle costruzioni precedenti. E il personaggio Zeno viene a frapporsi con felicissima invadenza tra le reali persone di Schmitz e di Svevo.

La dimensione tragica della vita, cosí palesemente attiva ed evidenziata nei due primi romanzi, ha virato nella *Coscienza*, fin dall'inizio, verso la dimensione umoristica, uscendone sicuramente arricchita in forza di convinzione drammatica. La breve « Prefazione », che si finge scritta per vendetta da un medico psicanalista piantato dal paziente a metà della cura, e in cui si dice che quanto segue altro non è che l'autobiografia del paziente pubblicata dal medico, rivela la « poetica » sveviana, ne chiarisce senza equivoco la lucida consapevolezza di quanto l'esistenza contenga di ambiguo, e di quanto ambiguo sia il rapporto tra « verità » e « memoria », « realtà » e « invenzione »: quindi, in definitiva, tra Esistenza e Letteratura.

Il « Preambolo » che viene subito dopo pone *d'emblée* il lettore all'interno del meccanismo: non siamo piú oramai di fronte all'espediente del romanzo-pretesto, ma l'aura della « finzione » romanzesca è dissipata senza ambagi: il tentativo che Zeno Cosini fa di raccontare la propria vita, ora che è giunto in età avanzata, è dato appunto come un tentativo di riacquistare la salute e l'equilibrio, e nulla piú.

Personaggio tragico non per forza di ambizioni frustrate e di passionalità infelice (secondo la buona norma romantico-naturalistica), ma per forza di dissacrazioni e di recuperi (sulla linea del romanzo d'analisi moderno), Zeno Cosini ha potuto essere agevolmente apparentato al Narratore della *Recherche* proustiana.[63] L'inconsistenza della formula che vuol fare di Svevo un « Proust italien », su cui ha insistito tanta critica francese, è patente. In effetti, le differenze sono profonde: Proust si dissipa e si realizza in un inseguimento di nomi di paesi e di persone, di amori e di amicizie irrimediabilmente consumati, in cui il Narratore celebra il suo rito idolatrico, il suo culto dell'effimero e non dell'eterno. Se idolatria è il Tempo Perduto, la verità salvifica è il Tempo Ritrovato, mediante un recupero in cui la memoria involontaria gioca il ruolo centrale. Svevo si serve di altri mezzi: la sua non si pone come

[63] Cfr. in proposito le pagine minuziose che Bruno Maier dedica alla critica francese su Svevo, in Italo Svevo, *Opere*, cit.

memoria mitica, come passaporto per sfuggire al silenzio e alla morte. Egli propone un'operazione in cui la volontarietà della memoria è ancora molto forte: e vale come strumento per chiarire il senso della propria e dell'altrui esistenza, praticamente senza sperare privilegi o ricompense. Il « buonsenso » laico e borghese di Svevo, come la sua matrice culturale, non possono essere confusi con il turgido e avvolgente decadentismo che circola nelle pagine di Proust. Piuttosto, comune ad entrambi gli scrittori è l'esigenza di apprestarsi nuovi schemi e moduli di lavoro fondati sull'autobiografia come momento sintetico della frantumazione dell'esperienza; per cui tutt'e due i grandi romanzieri della crisi della coscienza borghese « corrodono »[64] qualcosa di piú che una tecnica letteraria, lavorano in certo senso al di là della letteratura. Assai piú « letterato » di loro appare James Joyce, anche lui abbastanza arbitrariamente affratellato al triestino, in una leggenda nata su coincidenze puramente biografiche, non certo su circostanze culturali o nessi ideologici di qualche precisione.

Ciò che in realtà pone scrittori cosí diversi su un terreno delimitato dagli stessi confini, malgrado la specificità dei loro contributi, è il fatto di aver vissuto fino in fondo la dissoluzione dei valori borghesi dall'interno di una specola critica, con una disposizione psicologica ed espressiva assai varia: da memorialista « classico » Proust, da provinciale di genio che disponeva di un « esperanto » linguistico di eccezionale vigore Svevo, da filologo dissacratore Joyce.

Certo è che la particolare forma a episodi « autonomi » de *La coscienza di Zeno*, ognuno dei quali costituisce una sorta di stazione a ritroso che dal passato

[64] Scrive Giacomo Debenedetti, *Lettera intorno a « Svevo e Schmitz »*, in *Saggi critici*, nuova serie, Milano, Mondadori, 1955, pp. 99-100, che i romanzi sveviani « si generano per una continua corrosione analitica del tessuto narrativo ».

si dirige verso il presente, di volta in volta incamerando gli elementi di quella che precede, non era pensabile senza il « rifiuto » della letteratura esplicitamente dichiarato dal triestino. La vitalità della *Coscienza di Zeno* ha origine da questa spallata che lo scrittore dà alle proprie abitudini di impianto e di racconto, per « entrare » nel mondo non piú come descrittore e commentatore, ma come interprete e infine elemento attivo. L'autobiografia diventa a questo punto una via obbligata: e Svevo se ne serve con una libertà pari alla distanza ironica che intromette fra sé e la sua materia.

Ecco, dopo la « Prefazione » e il « Preambolo », l'inizio effettivo del romanzo. Il terzo capitolo, intitolato « Il fumo », cala il lettore in una delle situazioni-chiave del libro. Ancora una volta, siamo in presenza di uno dei perenni miti negativi di Svevo, il proposito di riscatto dei protagonisti e la sua mancata realizzazione, che invariabilmente li frustra. Ma ora l'oggetto del proposito e la causa della frustrazione sono assolutamente irrisori e banalizzati: la battaglia si svolge tra Zeno e la propria volontà, e il *casus belli* è « l'ultima sigaretta ». Zeno si abbarbica a continui proponimenti di non fumare piú, che d'altronde eluderà sistematicamente, rimuovendo poi sempre il « rimorso » e il complesso di colpa che gliene derivano.

Il dramma propende al comico, al futilmente umoristico. La materia è degradata rispetto ai romanzi precedenti, ma è subito piú decisamente interna, liquida o gassosa a seconda dei casi, dotata insomma ormai in sommo grado di quell'ambiguità e contraddittorietà che Svevo attribuisce all'esistenza, e con la quale intende concorrere:

> « Adesso che son qui, ad analizzarmi, sono colto da un dubbio: che io forse abbia amato tanto la sigaretta per poter riversare su di essa la colpa

della mia incapacità? Chissà se cessando di fumare io sarei divenuto l'uomo ideale e forte che m'aspettavo? Forse fu tale dubbio che mi legò al mio vizio perché è un modo comodo di vivere quello di credersi grande di una grandezza latente. Io avanzo tale ipotesi per spiegare la mia debolezza giovanile, ma senza una decisa convinzione. Adesso che sono vecchio e che nessuno esige qualche cosa da me, passo tuttavia da sigaretta a proposito, e da proposito a sigaretta. Che cosa significano oggi quei propositi? Come quell'igienista vecchio, descritto dal Goldoni, vorrei morire sano dopo di esser vissuto malato tutta la vita? ».[65]

La dialettica tra *malattia* e *salute* è un altro dei motivi centrali del romanzo, anch'esso ambivalente e in continuazione slittante dal piano fisiologico a quello psicologico. In realtà, salute, giovinezza e incosciente, naturale equilibrio psichico sono i doni di un'età fortunata a cui si contrappongono i tristi portati della « senilità »: la cagionevolezza, la sensazione di esser fuori del gioco, la finta rivalsa dell'esercizio della « coscienza », che è in fondo il vizio piú malinconicamente vero della parabola esistenziale. La ricca polifonia del romanzo si apre fin dalle prime pagine senza segreti: Svevo lavora oramai non piú secondo la scala di una progressione logico-narrativa, ma secondo modi che obbediscono all'analogia e all'aggregazione, alla associazione di idee e al libero fluire della memoria. Lo schema non preesiste, ma sembra crearsi spontaneamente di volta in volta, nel tortuoso e ineguale percorso dell'analisi.

Il lettore è introdotto nell'« universo » di Zeno, nel flusso tra reale e fittizio del « suo » tempo:[66] e ciò av-

[65] Cfr. Italo Svevo, *La coscienza di Zeno,* in *Opere,* cit., p. 604.

[66] A proposito di certe costanti tematiche e di certe soluzioni strutturali, Joyce scrive in una lettera a Svevo del 30 gennaio

viene senza schermi protettivi. dal momento che il personaggio si espone intero fin dai movimenti iniziali. L'episodio della tentata disintossicazione in casa di cura è tipico dell'atmosfera autodenigratoria e dell'andamento da commedia degli equivoci, che occupa tanta parte del libro: questo blando « punitor di se stesso » che è Zeno non reggerà neanche una notte nella clinica, ma intanto, prima di ubriacare la vecchia infermiera e di tornarsene a casa, fa in tempo a descriversi come una sorta di erotomane benigno, di feticista mancato, e a farsi cordialmente beffe dell'« Esculapio » che lo visita.

Nell'episodio successivo, « La morte di mio padre », Svevo sposta la tonalità sul tragico. Il padre di Zeno gode « della fama di commerciante abile » pur se in realtà i suoi affari sono diretti dall'attivo signor Olivi. Zeno nota che « nell'incapacità al commercio v'era una somiglianza fra di noi, ma non ve ne erano altre; posso dire che, fra noi due, io rappresentavo la forza e lui la debolezza ».

Dov'è, in fondo, la vera « forza » di un uomo pigro e distratto come Zeno Cosini? Probabilmente nella caparbietà con cui insiste a difendere dall'altrui intrusione le riserve dei suoi privati egoismi, nella pertinacia con cui rifiuta di rinunciare ai piaceri minuti della vita, della sensualità e dell'orgoglio: ma piú ancora, secondo il rimprovero paterno, nella sua « tendenza a ridere delle cose piú serie ». Ma, si chiede Zeno (e con lui Svevo), cosa è veramente serio a questo mondo? La serietà è dietro le apparenze, e riguarda un sempre piú ristretto numero di eventi e di fenomeni. Ad esempio, la maggior parte delle costruzioni dei « signori dell'ana-

1924: « Per ora due cose m'interessano: il tema: non avrei mai pensato che il fumo potesse dominare una persona in quel modo. Secondo: il trattamento del tempo nel romanzo » (Cfr. *Carteggio inedito Italo Svevo-James Joyce*, a cura di Harry Levin, in « Inventario », II, 1949, n. 1).

lisi » non tiene conto delle leggi dell'esperienza, della sua logica concreta: ed è per questo, polemizza Zeno-Svevo, che nel loro lavoro c'è un inestricabile miscuglio di seriosità e di serietà scientifica, cioè di presunzione e di rigore.

La mancanza di fiducia nelle doti di commerciante di Zeno spinge il padre a metterlo sotto la tutela dell'amministratore Olivi. L'« uomo senza qualità » che è Zeno dimostra comunque di possedere almeno una dote, sia pure passiva e praticamente non redditizia sull'unico piano che interessi la casta di mercanti di cui fa parte: quel suo indivisibile privilegio di « sognatore » e di anatomista psicologico, unito alla tendenza a sdrammatizzare, ancora una volta *pro domo sua* come vuole il cardine ideologico della sua classe di origine: approdato insomma, da sempre, alla zona della « saggezza » e dell'« ironia ». « Zeno – ha scritto Giacomo Debenedetti – nasce in un momento (quali che ne siano poi i motivi, certamente autobiografici), in cui il pessimismo di Svevo ama piuttosto vestirsi di giovialità che di cordoglio, e si è dato apparenze piú tranquille, quantunque si sia radicato a segno, che non osa neppur piú tentare una qualsiasi protesta o ribellione ».[67]

La malattia e la morte del padre, come si è detto, si muovono su un piano che amplifica in chiave tragica la situazione drammatico-umoristica che il narratore-paziente Zeno ha definito come « una analisi storica della mia propensione al fumo », vizioso eccesso al quale egli attribuisce anche l'origine della straripante carica sessuale da cui quasi si sente perseguitato. La sensualità diventa malattia, irrefrenabile erotismo, colpa da espiare: secondo comanda l'imperativa etica borghese-mercantile, per la quale il momento ludico e il gioco erotico sono energie pericolose, alla lunga ever-

[67] Cfr. Giacomo Debenedetti, *Svevo e Schmitz*, in *Saggi critici*, cit., pp. 59-60.

sive di un ordine; comunque poco serie e indegne di essere esibite.

Il sognatore Zeno, per tanti versi cosí alieno dagli interessi concreti della sua classe, ne paga i pregiudizi, confinando la prepotenza dei suoi stimoli in una zona patologica. Guarendo dell'intossicazione da fumo, egli guarirà anche del suo furioso appetito sessuale: la *Civiltà* avrà avuto, ancora una volta, la meglio sull'*Eros*.

L'evento che segna profondamente il futuro di Zeno è il famoso ceffone che il padre moribondo lascia cadere sul volto del figlio, come una « punizione », al momento del trapasso. Gesto automatico o estremo sforzo di rimanere aggrappato alla vita, esecuzione di una volontà o atto casuale, lo schiaffo subisce nella memoria volontaria di Zeno la metamorfosi cui vanno soggetti tutti i momenti sgradevoli della sua esistenza, e in genere con segno positivo: per diventare, già durante il funerale, non piú l'ultima prova d'incomprensione e di ostilità di un uomo il cui corpo giaceva ancora « superbo e minaccioso », ma quasi il saluto scomposto di qualcuno che non si decida a lasciarci:

> « Poi, al funerale, riuscii a ricordare mio padre debole e buono come l'avevo sempre conosciuto dopo la mia infanzia e mi convinsi che quello schiaffo che m'era stato inflitto da lui moribondo, non era stato da lui voluto. Divenne buono, buono e il ricordo di mio padre s'accompagnò a me, divenendo sempre piú dolce. Fu come un sogno delizioso: eravamo ormai perfettamente d'accordo, io divenuto il piú debole e lui il piú forte ».[68]

Il meccanismo della compensazione è scattato, e a vantaggio di Zeno. Quella del padre è una forza che non può piú offendere, ma Zeno non lo fa notare. La sua abilità nell'evasione, la capacità impeccabilmente

[68] Cfr. *La coscienza di Zeno*, in *Opere*, cit., p. 644.

tempestiva di servirsi di uno strumento come la sublimazione, la facoltà di rimuovere sistematicamente gli ostacoli cocciuti che intralciano la sua libertà sentimentale e psicologica, costituiscono in realtà il potenziale piú massiccio della sua « debolezza ». Il fatto è che entro i confini del suo territorio egli risulta il piú forte, e finisce per essere il vincitore. Nessuno potrà violare le mura della sua « coscienza »: Zeno ha tra l'altro il merito di non elevarsi un piedistallo, di non assumere pose eroiche. Se gli è consentita questa libertà, che è pur sempre un privilegio, egli lascia intuire che si tratta di un patto sociale stretto ben prima di lui, di cui egli usufruisce e che gli permette addirittura di presentarsi come un « antieroe ».

Zeno può concedersi il lusso di « sognare » e di giocare a rimpiattino con la propria coscienza proprio perché non è obbligato a lottare quotidianamente per la sopravvivenza. Il suo lavoro è un gioco, comunque qualcosa che non lo riguarda se non sotto il profilo dell'hobby.

Se l'« inettitudine » pone Zeno Cosini accanto al gozzaniano Totò Merúmeni e al borgesiano Rubé – ma non si dimentichi frattanto che sia i « vinti » di Tozzi che il verboso mattatore del papiniano *Un uomo finito* fanno a diverso titolo parte del quadro di quella che è stata definita « condizione poetica crepuscolare » – l'unico dato in comune che ha col dannunziano Giorgio Aurispa, protagonista del *Trionfo della morte*, è questo: il privilegio di abitare una zona dell'irrealtà retorica (Aurispa) o una zona della realtà deresponsabilizzata (Cosini) che hanno un'analoga radice di classe. Ma la crisi della borghesia passa attraverso Zeno che ne è al contempo beneficiario, vittima e analista; non passa certamente attraverso la declamazione magniloquente e mistica di Giorgio Aurispa. Se Zeno gode i vantaggi sociali e spirituali del privilegiato che riesce a strumentalizzare la produttività della sua classe a favore del proprio « egoismo » e della propria « ipocrisia », cioè della rivalsa alle sue continue frustrazioni; Aurispa indossa orgogliosamente i costumi di scena del Superuomo e piomba irrimediabilmente nel grottesco. Zeno resta il grande emblema romanzesco dell'ambiguità e dell'impotenza borghese.

La terza prova compiuta da questo detective che non vuole trovare l'assassino, sondando nel proprio passato, s'intitola « La storia del mio matrimonio ». Morto il padre, incerto sull'attività da intraprendere, impossibilitato ad assumere la direzione dell'azienda perché una clausola del testamento la affida all'abile e spregiudicato Olivi, Zeno è perfino insoddisfatto della sua posizione di ricco borghese ozioso. Il matrimonio potrebbe essere una soluzione. La conoscenza e l'amicizia con Giovanni Malfenti, uomo d'affari deciso e fortunato, lo portano a diventare ben presto intimo della famiglia. Zeno intuisce che sia Giovanni che la moglie vedrebbero di buon occhio un matrimonio tra lui e una delle tre figlie Ada, Augusta e Alberta. Zeno, conquistato, oltre che dal fascino morbido di una casa animata praticamente soltanto da giovani donne, anche dall'energia del futuro suocero, corteggia le piú piacenti delle tre fanciulle (trascurando l'opaca Augusta, destinata invece a diventare sua moglie) e al contempo ammira le doti di Giovanni, sforzandosi di imitarne le fortunate caratteristiche.

Ma Zeno è un « teorista », un « inetto », un « sognatore »: e tutti i suoi tentativi di realizzarsi altrimenti sono destinati a fallire. I « teoremi » e il decalogo dell'etica commerciale che il Malfenti gli suggerisce, con la sicurezza di chi opera in un mondo nel quale sia perfettamente integrato, non hanno effetti positivi sull'inerzia e l'incapacità del Cosini. La saldatura fra teoria e prassi, cosí assoluta in Giovanni, esponente audace e brutale dell'intraprendenza commerciale borghese, è irrimediabilmente scollata in Zeno, votato a inseguire il bandolo imprendibile di una dialettica scomoda tra i suoi personali piaceri e l'analisi dei suoi turbamenti. Il codice che Zeno in continuazione trasgredisce, e nella cui trasgressione è un maestro di furbizia e di compromessi, è soltanto l'estrema appendice della tavola dei valori del Malfenti:

> « Era dispostissimo ad istruirmi, ed anzi annotò di propria mano nel mio libretto tre comandamenti ch'egli riteneva bastassero per far prosperare qualunque ditta: 1) Non occorre saper lavorare, ma chi non sa far lavorare gli altri perisce. 2) Non c'è che un solo grande rimorso, quello di non aver saputo fare il proprio interesse. 3) In affari la teoria è utilissima, ma è adoperabile solo quando l'affare è stato liquidato ».[69]

Il corteggiamento della bellissima Ada fallisce. La fanciulla sposerà Guido Speier, che Zeno ha avuto modo di detestare come rivale e di invidiare come amabile uomo di mondo; e il Cosini prenderà in moglie, quasi per forza d'inerzia e per necessario autoconvincimento che sia la donna giusta, la brutta ma dolcissima Augusta.

Con un senso della *durata* temporale di straordinaria suggestione fluidificante, Svevo gioca questa parte del libro su molti piani, mediante rimandi continui e continue rispondenze. Il presente, cioè il tempo dell'intelligenza che assiste e registra, s'insinua nel passato vissuto e sollecita i fermenti del passato ipotetico. Zeno agisce da regista e le fanciulle da attrici, nel momento esatto in cui il giovane parla di cose che gli sono avvenute in un passato imprecisato per interessarle e guadagnarne la simpatia: ma il lettore ne è informato da un vecchio che racconta di se stesso giovane, rivedendosi nell'atteggiamento di narratore orale per un pubblico che vuole coinvolgere nel suo mito, nella costru-

[69] Cfr. *La coscienza di Zeno*, in *Opere*, cit., p. 646.

zione di sé come individuo d'eccezione; tra l'altro, con molto ingenuo velleitarismo.[70]

La commedia umana valutata nei suoi risvolti comici, tragici e grotteschi, nella sua malinconica e involontaria ironia, è liberata dentro il salotto borghese dei Malfenti con una sregolata e puntualissima capacità d'invenzione.

Se una è la voce narrante della « coscienza », una folla di figure fa da cassa di risonanza dei suoi echi. Il movimento del protagonista del romanzo somiglia a quello di un nuotatore che alterni col massimo di arbitrio i periodi di emersione a quelli di immersione. Nelle acque della memoria accade inoltre che il paesaggio esteriore (urbano, triestino) e quello interiore (appunto il flusso coscienziale, il gioco psicologico dei personaggi) assumano una nitidezza incomparabile: nella misura in cui tutto è vago, tutto è perfettamente determinato; nella misura in cui tutto è scompensato, tutto obbedisce a un rigoroso equilibrio.

La stessa sera Zeno si dichiara alle tre sorelle, una dopo l'altra, quasi in preda a una smania di sarcastica autoflagellazione. Due risposte negative: Ada e Alberta. Una risposta affermativa: Augusta. L'ostilità di Ada e della madre, una volta che le cose si sono messe per il verso da loro desiderato, si trasforma in affettuosa considerazione per Zeno. Il capovolgimento della situazione è talmente repentino e talmente vero, che l'insistenza della critica sull'atmosfera chapliniana della lunga sequenza, e su Zeno-Charlot in particolare, non è certo infondata.

Ma Zeno è infelice, in mezzo alla soddisfazione generale. Non può prevedere che proprio a lui, allo sconfitto di quella sera di fronte al brillante Guido, spetti

[70] In proposito, e piú in generale sul problema del *tempo* in Svevo, ha scritto pagine molto persuasive Sandro Maxia, *Lettura di Italo Svevo*, Padova, Edit. Liviana, 1965, pp. 105 sgg.

il destino migliore: se ne accorgerà solo ventiquattr'anni dopo, al momento di ricostruire le origini e le ragioni del suo « onesto matrimonio ».

Un ritmo da opera buffa regola l'intera scena, in cui funziona da elemento di attrito la dolente precipitazione di Zeno nel volere a tutti i costi stringere qualcosa che dia un significato di sconfitta soltanto parziale (da trasformare, al solito, in vittoria attraverso il meccanismo della sublimazione sostitutiva) alla serata, e piú in generale alla sua vita. Il gioco degli equivoci è condotto da Svevo con mano maestra. Zeno si dichiara ad Augusta durante una riunione spiritica, scambiandola nel buio per Ada, senza sapere di ferire involontariamente la povera ragazza; alla quale peraltro si dichiarerà poco dopo, con successo non esente da una quieta tristezza. Zeno, questo accortissimo e ingenuo amministratore di se stesso che incappa in continue *gaffes* esistenziali, esce da casa Malfenti lontanissimo dalla certezza che ventiquattr'anni dopo, con la « saggezza » della « coscienza senile », lo possiederà intero. Per cui, esattamente scrive A. Leone De Castris: « Nell'accettazione di quel matrimonio borghese che prima aveva ironizzato, Zeno conclude la sua storia d'amore. Ed è una realtà, la piú imprevista, la meno evidente, alla quale l'eroe si rassegna; ora con tristezza perplessa ("Scesi quegli scalini, che non contai piú, domandandomi: Chissà se l'amo?"); ora con l'artificio di una consolazione indiretta ("Io baciavo e stringevo al seno la sorella di Ada"); ora infine tentando, sia pure sull'umoristico piano della curiosità scientifica, di scoprire la bellezza di Augusta e valorizzarla ("... la sua piú grande bellezza la scopersi baciandola: il suo rossore! Là dove baciavo sorgeva una fiamma in mio onore ed io baciavo piú con la curiosità dello sperimentatore che col fervore dell'amante"). Tanto che su tale perplessa realtà sentimentale interviene la correzione prospettica della coscienza, in cui si dissolve l'amarezza della lontana avventura:

“Chissà se l'amo? È un dubbio che m'accompagnò per tutta la vita e oggidí posso pensare che l'amore accompagnato da tanto dubbio sia il vero amore” ».[71]

Oramai appare chiaro come l'anima vera della *Coscienza* e la sua piú interna ossatura siano date dalla contraddizione e dalla dialettica, intese come funzioni sia della realtà materiale che della realtà psicologica. Non da marxista, ma da positivista in cerca di alternative che non potevano essere quelle dell'irrazionalismo novecentesco, pur con tutte le suggestioni che di esse il triestino subí, il laico Svevo riesce, alla fine, un materialista. Ed è proprio questa consapevolezza quasi istintiva dell'unità tra vita psichica e vita corporea, a fare di lui uno degli autori piú saldi e concreti della nostra letteratura in generale e di un periodo attraversato dalle fascinose melodie delle sirene spiritualistiche in particolare.

È in questa chiave che va letto l'episodio culminante del capitolo, che suggella in una misura dolorosa e crudelmente ironica il fallimento di Zeno. Al termine di questa pacifica tregenda borghese, alla fine di questa inquieta e grottesca notte degli equivoci che ha avuto per teatro la casa Malfenti, Zeno e il futuro cognato escono. Zeno ha la tentazione di buttar Guido di sotto da un muretto sul quale l'altro si è steso. Dalla suggestione criminosa Zeno esce con un'altra e piú sottile suggestione, preso in un automatismo nervoso che sarà d'ora in poi la sua salvezza segreta:

> « Avevo accettato di fidanzarmi ad Augusta per essere sicuro di dormir bene quella notte. Come avrei potuto dormire se avessi ammazzato Guido? Quest'idea salvò me e lui. Volli subito abbandonare quella posizione nella quale sovrastavo a Guido e che mi seduceva a quell'azione. Mi piegai

[71] Cfr. A. Leone De Castris, *op. cit.*, pp. 250-51.

> sulle ginocchia abbattendomi su me stesso e arrivando quasi a toccare il suolo con la mia testa:
> – Che dolore, che dolore! – urlai.
> Spaventato, Guido balzò in piedi a domandarmi delle spiegazioni. Io continuai a lamentarmi piú mitemente senza rispondere. Sapevo perché mi lamentavo: perché avevo voluto uccidere e forse, anche, perché non avevo saputo farlo. Il dolore e il lamento scusavano tutto. Mi pareva di gridare ch'io non avevo voluto uccidere e mi pareva anche di gridare che non era colpa mia se non avevo saputo farlo. Tutto era colpa della mia malattia e del mio dolore. Invece ricordo benissimo che proprio allora il mio dolore scomparve del tutto e che il mio lamento rimase una pura commedia cui io invano cercai di dare un contenuto evocando il dolore e ricostruendolo per sentirlo e soffrirlo. Ma fu uno sforzo vano perché esso non ritornò che quando volle ».[72]

La dinamica contraddittoria e tutta fondata sulle antitesi di questo passo, potrebbe essere assunta a modello della metodologia sveviana relativa alla *Coscienza*. C'è una logica che governa le cose e gli atti, ma non è una logica univoca, è piuttosto un processo cui concorrono elementi disparati e condizionamenti molteplici, secondo un moto di cui Svevo coglie la mimica quasi teatrale, di entrate-uscite, di apparizioni-scomparse, di presenze-dissolvenze. Nella zona liquida della psiche i binari e i piani s'incrociano senza tregua, e sono binari e piani corsi contemporaneamente in direzioni opposte, ripercorsi a ritmi diversi, ribaltati, negati. Ma niente si cancella. Tutto sedimenta nel fertile terreno della memoria, non per essere sterilmente ricomposto, ma per partecipare alla soluzione dell'enigma dell'esiste-

[72] Cfr. *La coscienza di Zeno*, in *Opere*, cit., pp. 714-15.

re nel presente. Per questo non c'è libro meno della *Coscienza di Zeno* inseribile nello scaffale della letteratura memoriale, di nostalgico recupero del tempo perduto.

È innegabile che a una cosí ricca maturazione abbiano contribuito sia i viaggi di Schmitz all'estero per affari (in Francia e soprattutto in Inghilterra),[73] che l'amicizia con Joyce, nata verso il 1905: e sarebbe anche troppo agevole rintracciare – al di là della differente strumentazione tecnica – alcuni punti di contatto tra il « flusso di coscienza » dell'*Ulysses* e il « monologo interiore » di *Zeno*; ma è certo che le occasioni e le circostanze funzionarono da reagente su un preparato prossimo a precipitare: costituito dall'intelligenza che aveva dato, prima di rifiutare quella « ridicola e dannosa cosa che si chiama letteratura », prove di sé tanto fortemente preparatorie e anticipatrici.

Zeno concentra in una sintesi rigorosa alcuni dati fondamentali delle opere precedenti come lo scacco, la senilità, la malattia, la morte; ma al contempo li dilata su un panorama tanto piú vasto e vario, e finalmente ne svuota dall'interno il lievito romantico mediante l'ironia, l'intuito del comico, la vanificazione del grottesco. Cosí si consuma veramente la tragedia moderna degli antesignani di Zeno Cosini: a un livello di coscienza ben altrimenti contraddittorio e complesso della loro tragedia « storica ». Ed è qui, fondamentalmente, la differenza tra Zeno e i suoi minori « fratelli » Alfonso Nitti ed Emilio Brentani.

Il fidanzamento di Zeno e Augusta è laborioso. Dice Zeno:

[73] Maturazione e acuto senso di osservazione delle cose sociali e politiche, oltre che del costume, rivelano le *Lettere alla moglie*, Trieste, Ediz. dello Zibaldone, 1963; e *Soggiorno londinese* e *Uomini e cose in un distretto di Londra*, in *Saggi e pagine sparse*, cit.

« Io ho il senso di averlo annullato varie volte e ricostituito con grande fatica e sono sorpreso che nessuno se ne sia accorto. Mai non ebbi la certezza d'avviarmi proprio al matrimonio, ma pare che tuttavia io mi sia comportato da fidanzato abbastanza amoroso ».[74]

A differenza di Alfonso e di Emilio, Zeno non intende essere coinvolto. Il suo impegno consiste esclusivamente nella salvaguardia dei suoi privilegi e dei suoi tic, in un compromesso che non sposti mai troppo l'equilibrio dei propri affetti, delle proprie consuetudini; e nell'esercizio dell'analisi come zona esente dallo scacco. Zeno resta costantemente con un piede dentro e l'altro fuori dalle situazioni che vive: al punto che la sua « saggezza » e la sua ambiguità coincidono. Cosicché la fuga dalle responsabilità si configura come pratica della « rimozione » e della dimenticanza volontaria. Resta la nevrosi, e per Svevo, come per Freud, essa viene a costituire la piú inevitabile valvola di scarico delle frustrazioni quotidiane. Oramai saldamente collocato in zona di sicurezza, il vecchio Zeno racconta:

« Venne finalmente il giorno del mio matrimonio e proprio quel giorno ebbi un'ultima esitazione. Avrei dovuto essere dalla sposa alle otto del mattino, e invece alle sette e tre quarti mi trovavo ancora a letto fumando rabbiosamente e guardando la mia finestra su cui brillava, irridendo, il primo sole che durante quell'inverno fosse apparso. Meditavo di abbandonare Augusta! Diveniva evidente l'assurdità del mio matrimonio ora che non m'importava piú di restar attaccato ad Ada. Non sarebbero mica avvenute di grandi cose se io non mi fossi presentato all'appuntamento!

[74] Cfr. *La coscienza di Zeno*, in *Opere*, cit., p. 716.

> Eppoi: Augusta era stata una sposa amabile, ma non si poteva mica sapere come si sarebbe comportata la dimane delle nozze. E se subito m'avesse dato della bestia perché m'ero lasciato prendere a quel modo? ».[75]

Marito involontario, Zeno si è lasciato scegliere. Del resto, la sua intera esistenza brilla per l'assenza di scelte precise, eppure egli riesce sempre, stranamente, a imboccare la strada giusta. La sua vera vocazione è quella di un uomo che evita il rischio sotto ogni forma, e si crea un involucro di ipocondria, di malattia immaginaria, di neutralità insomma di fronte ai conflitti esistenziali, dal quale assistere senza bruciarsi al rovente spettacolo della realtà.

Questa è la vera « coscienza » del personaggio Zeno Cosini: ricerca apparentemente svagata e casuale della consapevolezza del vivere, e al contempo difesa della propria « mancanza di qualità ». La pratica della memoria non come rimpianto ma come ricostruzione attiva può darsi, a questo punto, addirittura come polemica nei confronti dei valori borghesi piú comunemente accettati: intraprendenza, spregiudicatezza, senso pragmatico, attivismo pratico; valori tutti volti in primo luogo all'affermazione economica, allo scopo del lucro e del profitto. Nel romanzo il versante sociale degli uomini d'affari, il mondo della borghesia mercantile e imprenditoriale triestina e la scala etica cui essa si conforma, vengono in luce con estrema precisione critica. Sono comunque, a differenza che nei romanzi precedenti, un elemento del quadro, uno strato soltanto di questo fluido universo zeniano, dentro cui agisce mobilissima la coscienza giudicante e autogiudicante del personaggio narratore. Di quanto Svevo fosse consapevole della

[75] Ibid., p. 720.

propria operazione, danno conto certi passi variamente datati delle pagine saggistiche:

> « L'immaginazione è una vera avventura. Guardati dall'annotarla troppo presto perché la rendi quadrata e poco adattabile al tuo quadro. Deve restare fluida come la vita stessa che è e diviene. Quando è non sa come diverrà, ma quando è divenuta ricorda come è stata, ma non col medesimo sentimento di quando fu. Allora appena si crea l'intonazione, e l'immaginazione e la vita egualmente si fanno armoniche ricordando. Bisogna credere nella realtà della propria immaginazione. Non bisogna però intervenire con alcun sforzo per regolarla perché allora si diviene un incredibile Dio che in natura manca, e allora appena l'immaginazione differisce totalmente dalla realtà dove manca una regola e le cose nascono dalle cose impensabilmente, sorprendentemente conformi ad una legge che nessuno avrebbe potuto predire e che appena allora si rivela ».[76]
> « La memoria è una forza attiva e non dà molto quando viene lasciata inerte... Il lavoro della memoria può muoversi nel tempo come gli avvenimenti stessi ».[77]

Al di là degli elementi irrazionalistici di provenienza lontanamente schopenhaueriana e spiritualistica, al di là della visione di una storia umana come caos e groviglio impossibili a interpretarsi e sistemarsi scientificamente, al di là insomma di questo rifiuto della vicenda del mondo come storia « borghese », dove tutto è logicamente e inesorabilmente concatenato nel segno del consenso a una certa civiltà il cui unico « ordine » si rivelano ormai soltanto l'assurdo e la schizofrenia quo-

[76] Cfr. *Saggi e pagine sparse*, cit., p. 308.
[77] In *Corto viaggio sentimentale*, cit., pp. 202 e 207.

tidiana: al di là del complesso contraddittorio di questi dati, persiste l'asse di una coerenza in tutto il corso dell'ideologia sveviana, che dà in *Zeno* la sua prova piú alta; ed è la volontà di trattare la propria autobiografia come emblema di una tragedia non piú individuale, ma universale. « Io voglio soltanto attraverso queste pagine arrivare a capirmi meglio »: cosí suona una celebre dichiarazione di poetica del diario del 1902, che è già sulla linea della *Coscienza di Zeno,* e ci dà ragione anche del lungo « silenzio » che intercorre tra *Senilità* e il capolavoro.

Il sesto episodio del romanzo, intitolato « La moglie e l'amante », offre una tastiera pressoché infinita delle possibilità di Svevo nel gioco dell'ambiguità, dei dettagli minimi eppure significativi, delle sfumature psicologiche; nella dialettica infine tra ingenuità e doppiezza, verità e invenzione, sincerità e ipocrisia. La passione e il calcolo, in un intreccio fittissimo e inestricabile, vi tengono campo: l'arte di Svevo non soffre piú alcuna subordinazione rispetto alla vita, ma funziona in piena autonomia, è un equivalente della vita.

Sempre in bilico tra le solide qualità della moglie Augusta e le sollecitazioni di esperienze eccitanti, Zeno, senza pensare neanche lontanamente di mettere in crisi il suo matrimonio (cioè la sicurezza, l'equilibrio), s'imbarca con l'entusiasmo di un ragazzo in un'avventura con una studentessa di canto, Carla Gerco. L'altalena sentimentale di Zeno scivola continuamente dal drammatico al comico, e i poli umani di questa oscillazione sono la moglie e Carla, come già in *Senilità* Angiolina e Amalia erano state le personificazioni del piacere colpevole e della purezza sacrificata. Zeno ama la moglie come una cara compagna, desidera Carla come l'amante appassionata: ma evita ancora una volta di scegliere. La vera vocazione al dramma che talora si riconosce in Zeno, è data dal gusto di prolungare, per inerzia e per timore di piú dolorose lacerazioni, uno stato di complicato disagio, di indeterminata attesa di una qualche catastrofe che non sarà peraltro lui a determinare.

Zeno prende a beneficiare la ragazza pagandole le lezioni di canto. Carla si lascia amare dimostrando comunque di non essere una volgare mantenuta, piena di rimorsi e di dubbi come appare. Zeno le confessa di non amare sua moglie, per legarla maggiormente a sé: e mentisce. Spinge la menzogna al punto da indicare come Augusta un giorno per strada alla fanciulla la bella cognata Ada, moglie di Guido Speier, e suo infelice amore prematrimoniale. Carla gli crede: ma è tale il complesso di colpa che l'assale pensando di procurare dolore a una creatura cosí straordinariamente bella e malinconica, da rompere la relazione col maturo amante in modo chiaro e dignitoso.

Zeno ha lasciato da parte il « mondo sano e regolato » organizzatogli attorno da Augusta per avventurarsi nell'incognita del proibito: ha lasciato la « salute » per entrare nella « malattia ». La brutta e affettuosa Augusta, come l'Angiolina di *Senilità*, non teorizza sul concetto di « salute », ne gode e basta: ma al contrario di Angiolina, l'amministra da impeccabile moglie borghese, ne fa quasi il tramite tangibile tra le sue scarse risorse estetiche e il desiderio del marito. Da lei Zeno impara concretamente che l'idolatria della salute la pratica soltanto chi ritiene di non averla: per cui la stessa nevrosi, che è in fondo il bene piú autentico del nevrotico e la forma stessa della sua vita, è solo un assetto diverso (e piú sottilmente consapevole) dell'equilibrio interiore rispetto a quello di chi è considerato sano:

> « Poi, invece, seppi ch'essa neppur sapeva come fosse fatta la salute. La salute non analizza se stessa e neppur si guarda allo specchio. Solo noi malati sappiamo qualche cosa di noi stessi ».[78]

[78] Cfr. *La coscienza di Zeno*, in *Opere*, cit., p. 728.

Svevo lavora in molteplici dimensioni culturali: eppure neanche le piú forti anticipazioni di certi atteggiamenti delle avanguardie europee, dal Surrealismo a « Solaria », appaiono nella *Coscienza* nei modi vistosi che ne faranno la fortuna. *Zeno* è, ad esempio, un libro percorso dalla presenza del sogno, come compensazione allo scacco (secondo la lettera di Freud) e come incubo. Nella prima categoria può parzialmente rientrare quello che Zeno fa, poco dopo aver conosciuto Carla e averla baciata, tacitando la propria coscienza col proposito di non procurare giammai dolori alla moglie, cosí composta e ordinata nel letto, simbolo della pulizia morale e della lealtà:

> « Ebbi un sogno bizzarro: non solo baciavo il collo di Carla, ma lo mangiavo. Era però un collo fatto in modo che le ferite ch'io le infliggevo con rabbiosa voluttà non sanguinavano, e il collo restava perciò sempre coperto dalla sua bianca pelle e inalterato nella sua forma lievemente arcuata. Carla, abbandonata fra le mie braccia, non pareva soffrisse dei miei morsi. Chi invece ne soffriva era Augusta che improvvisamente era accorsa. Per tranquillarla le dicevo: "Non lo mangerò tutto: ne lascerò un pezzo anche a te" ».[79]

Il tema dell'antropofagia come possesso erotico s'intreccia qui mirabilmente col senso di colpa di Zeno nei confronti di Augusta, e col tentativo ipocrita del suo risarcimento. E il tocco finale è dato dalla domanda della moglie, svegliatasi al gemito di Zeno oramai capitolato di fronte al desiderio di Carla, alla quale egli risponde – *Penso alla vecchiaia incombente!* –: concedendo ad Augusta ciò che di piú consueto ella sa abitare nei preoccupati pensieri del marito. Il gioco dell'ipocrisia è dato con assoluta perfezione: e rientra senza

[79] Ibid., p. 753.

stridori nella visione sveviana del matrimonio borghese, nel quale l'adulterio ha quasi un compito istituzionalizzato, di complemento e d'integrazione del rapporto coniugale.

Il settimo episodio, intitolato « Storia di una associazione commerciale », raccoglie la grande massa dei temi e delle situazioni che il romanzo ha portato avanti fin qui. Guido Speier, che ha vinto su Zeno a colpi di archetto di violino la battaglia per Ada, pagherà fino in fondo il prezzo del proprio dilettantismo, e perderà lui, non l'inetto per eccellenza Zeno, la battaglia della vita. In questo senso Zeno, disponibile a tutte le eventualità, non è predestinato al fallimento: proprio perché non accetta lo scontro con la realtà, a differenza del pasticcione Guido. Non l'accetta soprattutto perché convinto della sostanziale falsità di essa, della meticolosa e colossale mistificazione che rappresenta, della sua gratuità fondamentale. Zeno attinge cosí la propria maturità attraverso lo scetticismo e la rinuncia a prospettive di lunga gittata: e questo lo differenzia, all'interno del suo universo sociale, sia da Guido, che tenta di attuare spregiudicatamente e con leggerezza una logica che non domina e che finisce per stritolarlo, sia dal vecchio Malfenti, nel quale si realizza assolutamente l'etica della supremazia e del profitto.

Da un'impresa fallimentare all'altra, il destino di Guido si chiarisce come quello di un mediocre comprimario truccato da protagonista. Ciò che anche agli occhi di Zeno lo condanna, è la mancanza di dignità e la disinvoltura con cui tenta di deresponsabilizzarsi ogni volta che i suoi impegni si rivelino troppo gravosi per le sue spalle di brillante gaudente. Guido simula una prima volta il suicidio per convincere la moglie Ada ad impegnare una parte della dote nelle sue speculazioni sbagliate. Il violino, che gli è servito nelle giostre amorose come « una specie di lancia di Achille, per la varietà delle sue prestazioni », e gli ha permesso di conquistare prima la bella Ada, poi la procace Carmen, segretaria del suo Ufficio Commerciale, ora non basta a salvarlo. Al contrario di quanto Marx dice degli eventi storici, i quali si verificherebbero una prima volta come tragedia e una seconda come farsa, il secondo tentativo di suicidio di Guido non mima la commedia del precedente, ma lo porta alla tomba. Suicida involontario, fuori ruolo anche nella morte, cosí egli appare a Zeno:

> « Nella stanza da letto matrimoniale il povero Guido giaceva abbandonato, coperto dal lenzuolo. La rigidezza già avanzata, esprimeva qui non una forza ma la grande stupefazione di essere morto senz'averlo voluto. Sulla sua faccia bruna e bella era impronto un rimprovero. Certamente non diretto a me ».[80]

Eppure il rapporto tra i due cognati ha sempre sofferto di un vizio di fondo, né mai è stata chiarita l'ambiguità del comportamento reciproco. La morte farà le vendette del povero Guido, coperto in vita da Zeno in tutte le sue estrose balordaggini soprattutto in virtú di quell'amore per Ada, che nel corso del romanzo non cessa di assumere colori e moti fortemente cangianti, dal puro desiderio fisico alle complicazioni dell'affetto « fraterno ».

Il famoso lapsus freudiano per il quale Zeno, che si è dato affannosamente da fare in Borsa per l'intera mattinata nel tentativo di rabberciare il disastro economico di Guido, e giunto in ritardo ai funerali segue quelli di un altro scambiandoli per quelli del cognato, scopre la verità piú profonda di questo rapporto. E se il medico psicanalista interpreta il fatto alla luce di una neutralità scientifica che non ferisce i sentimenti, Ada lo vedrà nella sua autentica sostanza, come la prova in

[80] Ibid., p. 912.

fondo generosa di un odio che Zeno, nella sua lealtà, non ha saputo mascherare.

L'invenzione sveviana tocca qui il centro del labirinto nel quale si perdono i personaggi. Fra tragedia e ironia, la vita che « non è né brutta né bella, ma è originale », e in cui forse l'uomo « è stato messo dentro per errore », scioglie le sue contraddizioni solo a posteriori, dopo il caotico fluire degli eventi, nell'organizzazione della memoria e dell'analisi. Scrivendone, cioè rimontandone pazientemente le tessere disperse, si può arrivare a individuarne le leggi che ne regolano la dinamica, a seguire il decorso di essa in quanto « malattia della materia ». E attraverso la malattia, che è il grande tema del romanzo, Svevo determina poeticamente il malessere del secolo. Non si tratta di un dato clinico ma di un dato esistenziale, e tanto profondamente esistenziale che guarirne significherebbe morire, smettere di fumare « l'ultima sigaretta » significherebbe rinunciare a uno dei pochi elementi tangibili che sono le pedestri epifanie di una realtà frantumata. Per questa strada il romanziere chiarisce fino in fondo le ragioni della propria operazione:

> « È cosí che a forza di correr dietro a quelle immagini, io le raggiunsi. Ora so di averle inventate. Ma inventare è una creazione, non già una menzogna. Le mie erano delle invenzioni come quelle della febbre, che camminano per la stanza perché le vediate da tutti i lati e che poi anche vi toccano. Avevano la solidità, il colore, la petulanza delle cose vive. A forza di desiderio, io proiettai le immagini, che non c'erano che nel mio cervello, nello spazio in cui guardavo, uno spazio di cui sentivo l'aria, la luce ed anche gli angoli contundenti che non mancarono in alcuno spazio per cui io sia passato ».[81]

[81] Ibid., p. 927.

E la polemica con la psicanalisi continua, sottilmente:

> « Il dottore presta una fede troppo grande anche a quelle mie benedette confessioni che non vuole restituirmi perché le riveda. Dio mio! Egli non studiò che la medicina e perciò ignora che cosa significhi scrivere in italiano per noi che parliamo e non sappiamo scrivere il dialetto. Una confessione in iscritto è sempre menzognera. Con ogni nostra parola toscana noi mentiamo! ».[82]

Cosí come continua la polemica linguistica coi cruscanti che l'avevano accusato in passato (né cesseranno di farlo all'uscita della *Coscienza di Zeno*) di scrivere in una lingua barbara e incondita.

I motivi che hanno spinto lo scrittore a realizzare il suo romanzo-pretesto sono oramai chiari. Siamo alle ultime battute del libro, dal titolo « Psicoanalisi ». Zeno-Svevo non può rinunciare alla sua malattia, cioè alla sua identità piú profonda, e si libera mediante l'ironia degli impacci che gli hanno cucito addosso le sovrastrutture terapeutiche:

> « Da un anno non avevo scritto una parola, in questo come in tutto il resto obbediente alle prescrizioni del dottore il quale asseriva che durante la cura dovevo raccogliermi solo accanto a lui, perché un raccoglimento da lui non sorvegliato avrebbe rafforzato i freni che impedivano la mia sincerità, il mio abbandono. Ma ora mi ritrovo squilibrato e malato piú che mai e, scrivendo, credo che mi netterò piú facilmente del male che la cura m'ha fatto. Almeno sono sicuro che questo è il vero sistema per ridare importanza ad un passato che piú non duole e far andare via piú rapido il presente uggioso ».[83]

[82] Ibid.
[83] Ibid., p. 925.

La rottura con il trattamento psicanalitico determina anche una frattura nel flusso cronologico degli avvenimenti narrati. Di colpo ci troviamo a tu per tu col presente: da memorialista Svevo si fa cronista. E il presente è, ancora una volta, una combinazione di tragedia e di grottesco, di tristezza e di riso. È il primo giorno di guerra tra Austria e Italia, e ora tocca a Zeno di capitarci in mezzo stupefatto come già era toccato a Guido di trovarsi stupefatto all'altro mondo. La guerra è *un* orrendo accidente, comunque: non è l'*accidente*. Che è invece l'« occhialuto uomo » il quale, a differenza degli alberi e delle bestie, ha fatto sí che « la vita attuale » sia « inquinata alle radici ». L'uomo diventa cosí « sempre piú furbo e piú debole », proprio perché si affida tutto agli « ordigni » che inventa secondo tecniche sempre piú raffinate, al punto che « l'ordigno non ha piú alcuna relazione con l'arto », « la legge del piú forte sparí », alla natura si sostituí l'artificio e « perdemmo la selezione salutare ».

Ecco perché tutte le terapie (e la psicanalisi *in primis*) non sono radicali ma semplicemente restauratorie. La liberazione non potrà realizzarsi, probabilmente, che attraverso la distruzione del mondo, di « questo mondo » in cui si è perduta la misura dell'uomo: e la liberazione, nella dimensione esistenziale sveviana, non può che chiamarsi, metaforicamente, « salute »:

> « Forse traverso una catastrofe inaudita prodotta dagli ordigni ritorneremo alla salute. Quando i gas velenosi non basteranno piú, un uomo fatto come tutti gli altri, nel segreto di una stanza di questo mondo, inventerà un esplosivo incomparabile, in confronto al quale gli esplosivi attualmente esistenti saranno considerati quali innocui giocattoli. Ed un altro uomo fatto anche lui come tutti gli altri, ma degli altri un po' piú ammalato, ruberà tale esplosivo e s'arrampicherà al centro della

terra per porlo nel punto ove il suo effetto potrà essere il massimo. Ci sarà un'esplosione enorme che nessuno udrà e la terra ritornata alla forma di nebulosa errerà nei cieli priva di parassiti e di malattie ».[84]

[84] Ibid., p. 953.

III

TEMI E MOTIVI

Se per « coerenza » di uno scrittore s'intende non la pigra abitudine a una tematica e a un sistema di stilemi, ma l'approfondimento sempre piú acuto di un'area di motivi e di problemi sinceramente vissuti ed espressi in forme originali, di romanzo in romanzo mobili e fisse al contempo, allora pochi narratori possiedono la coerenza di Italo Svevo. Egli viene a trovarsi al punto d'incontro di due linee culturali che corrispondono l'una alla crisi del mondo oggettivo del naturalismo, l'altra all'esasperazione irrazionalistica dell'individualismo tedesco, estrema propaggine della grande matrice idealistica. È per queste ragioni che la prima produzione sveviana, *Una vita* incluso, soffre della non perfetta fusione delle due componenti, malgrado lo scrittore eserciti sulla sua materia e i suoi strumenti espressivi una continua e non banale riflessione critica: del naturalismo egli intende assimilare esclusivamente la tendenza al vasto quadro documentario e di costume, all'affresco sociale, escludendo dai suoi interessi la metodologia scolastica fondata sul rapporto deterministico di causa ed effetto anziché sul gioco dialettico delle situazioni e dell'ambiente (anche storico) che è propria dei naturalisti minori. Non a caso le sue simpatie confesse vanno, in questa fase che segna la prima maturità del triestino, in primo luogo a Balzac e a Zola:

> « Zola vuole evidentemente dimostrare che la sua arte nacque dall'amore alla vita e dopo avergli rimproverato che lui, il naturalista si sia messo ad insegnare e a dimostrare, in omaggio alla verità bisogna aggiungere che, se probabilmente l'insegnamento rimarrà inutile, la dimostrazione è riuscita ».[1]
>
> « Trascorreranno secoli prima che la distanza riesca a rimpicciolire agli occhi dei posteri la differenza, che a noi sembra tanto grande come quella che c'è di metodi e di scopi tra Beniamino Constant, la Staël, Walter Scott, Victor Hugo, e il Balzac, Zola, i fratelli de Goncourt ».[2]

Si tratta, come si vede, di notazioni critiche che mostrano la consapevolezza con la quale il giovane Svevo si pone di fronte alla necessità di chiarificazione teorica di un « sistema » letterario e di una metodologia romanzesca, pur se ancora le sue soluzioni espressive restano alquanto incerte e squilibrate.

Fin dal primo libro lo scrittore individua certe zone poetiche che saranno le sue costanti non solo fino alla grande sintesi della *Coscienza*, ma anche in opere successive e in fondo minori come *Corto viaggio sentimentale* (1925), *La novella del buon vecchio e della bella fanciulla* (1926), per giungere all'incompiuto *Vecchione*, iniziato nel maggio del 1928. Centrale in tutto il lavoro di Svevo è l'attenzione al tema della crisi sociale, che egli esplora attraverso le contraddizioni della borghesia mercantile triestina, mettendo in luce, a partire dall'esperienza paranaturalistica di *Una vita*, lo spietato meccanismo di classe che è sotteso ai suoi atti

[1] Cfr. Italo Svevo, *Saggi e pagine sparse*, cit., p. 38.
[2] Ibid., p. 56.

economici e ai suoi atti spirituali. Da questa visione allarmante e disperata non può scaturire, per il singolo che si opponga frontalmente alla violenza organizzata del sistema, altro che la sconfitta. Il personaggio sveviano è malato quindi di una malattia sociale, che si manifesta a livello della patologia individuale. Di essa egli non conosce la definizione scientifica: ma noi possiamo tranquillamente servirci del termine *alienazione*. Tra l'altro, va notato che Svevo opera in un microcosmo come Trieste, posto al confine del mondo austro-ungarico che fu travagliato da un'insanabile crisi strutturale e sovrastrutturale e che, sull'orlo dell'abisso, avverte drammaticamente il caos verso il quale sta precipitando, proprio a causa del suo assetto composito, contraddittorio ed elefantiaco, all'interno di un universo capitalistico che tende sempre piú all'efficienza e alla funzionalità in tutte le sue espressioni.

Ecco che l'individuo non può che cercare spazio nel tentativo di liberazione della propria coscienza estraniata. La strada di Svevo, in questo senso, viene a porsi come parallela e talvolta coincidente con quelle che contemporaneamente seguono con bussole diverse altri grandi interpreti della crisi della borghesia, da Proust a Pirandello, e rappresenta una delle fondamentali esperienze romanzesche legate a quella nozione di « realismo critico » di cui Lukács parla a proposito di Thomas Mann.

Tornando ai testi: il destino di Alfonso Nitti è quello di tutti i « diversi », che intendono agire liberamente all'interno di una società di ferro: la solitudine e lo scacco. L'« inetto » è, nel romanzo, proprio colui che non vuole finire ingoiato dal conformismo e dalla grigia soddisfazione dei piú, dei pretesi vincitori. In *Una vita* c'è già praticamente, ancora non sottoposta al lavoro di interiorizzazione e alla poetica dell'*autobiografia* come necessaria verifica della costruzione romanzesca, tutta intera la problematica sveviana. Proprio nel romanzo, peraltro, Svevo introduce il lettore nel suo laboratorio, fornendogli le chiavi buone ad entrare nella sua attrezzatura culturale e tecnica di quest'epoca.

Se la sua formazione ha attraversato un processo che ha toccato Schopenhauer e gli idealisti tedeschi, i classici italiani e infine De Sanctis e Carducci, i romanzieri russi e gli americani, tuttavia l'interesse piú attento dello scrittore è per l'esperienza fondamentale della narrativa europea di quegli anni: il romanzo naturalistico, le letteratura « sperimentale ».

In *Una vita* questa fase culturale sveviana ci è rivelata dalle discussioni polemiche e dallo scambio di idee che avvengono tra Alfonso e Macario:

> « Dal canto suo Alfonso seppe ben presto come fosse fatta la cultura di Macario. S'accorse con soddisfazione che ne veniva stimato tanto da indurlo a sottostare a qualche mal celata fatica per portare il discorso su quanto meglio conosceva onde poter fare con lui buona figura. Parlò di naturalisti moderni. Alfonso aveva letto qualche loro romanzo, poi qualche recensione, e se ne era fatta un'idea sua con la calma dello studioso disinteressato ch'era stato allora. Ammirava qualche parte, biasimava qualche altra ».[3]
> « Macario raccontò che veniva in biblioteca per leggere con calma Balzac, che i naturalisti dicevano loro padre. Non lo era affatto o almeno Macario non lo riconosceva. Classificava Balzac quale un retore qualunque, degno di essere vissuto al principio di questo secolo ».[4]

Sono, queste osservazioni, l'indizio che lo scrittore è impegnato a darsi un metodo d'indagine e di lavoro narrativo che, pur con appassionato rispetto, tende a

[3] Cfr. *Una vita*, in *Opere*, cit., p. 199.
[4] Ibid., p. 200.

prendere certe distanze da quella che genericamente veniva definita « scuola naturalista ». I romanzieri francesi servono (fino a condizionarlo pesantemente) al triestino, in un momento in cui la sua ricerca è volta a confrontare in modo diretto i due termini di un conflitto: l'individuo da un lato, la società avversa dall'altro. Se « al primo Svevo è sufficiente inserire il proprio personaggio in un quadro socialmente drammatico facendolo vittima di questa situazione sociale, di un meccanismo burocratico che lo stritola »,[5] il successivo passaggio, che si attua in *Senilità*, non contempla piú lo scontro società-personaggio, ma punta alla sintesi dei due elementi del conflitto risolvendolo all'interno del protagonista: all'interno della sua « coscienza » ferita.

Il primo degli « uomini senza qualità » di Svevo[6] è costretto ad abbracciare la nevrosi, come lo Zeno Cosini della *Coscienza*, ma senza, di quest'ultimo, l'ironia e la consapevole « saggezza ». In questa misura Alfonso è un carattere tragico nel senso tradizionale del termine: e l'estremo gesto della sua esistenza non potrà che essere il suicidio.

Ma siamo già, nelle grandi linee, in presenza dell'« unico » personaggio sveviano, periodicamente ritornante nei tre romanzi: quello del disadattato, dell'inetto, dell'uomo che non si integra per incapacità costituzionale nell'organismo sociale. Siamo insomma, già in presenza del « diverso ». Che è, inevitabilmente, un individuo che coltiva valori non funzionali al meccanismo sociale e alla legge del profitto che ne è il motore: la cultura, la meditazione, il pensiero non applicato a scopi di lucro. I personaggi sveviani sono tutti degli in-

[5] Cfr. Giorgio Luti, *op. cit.*, p. 260.

[6] Scrive Robert Musil di Ulrich, protagonista de *L'uomo senza qualità*: « Si ha solo la scelta di condividere questa bassa epoca (di urlare coi lupi) o diventare nevrotici ».

tellettuali mancati. Alfonso Nitti non sfugge alla regola, anzi ne è l'archetipo.

La prima fase della ricerca del triestino prevede quindi la rappresentazione esplicita del conflitto individuo-società, pur trasalendo di tempo in tempo sotto le spinte di forti esigenze analitiche all'interno della psicologia dei personaggi. Questo motivo tornerà in seguito, e principalmente nella *Coscienza di Zeno*, con connotazioni diverse, spostati i termini dello scontro, inglobati gli stessi in una dimensione non piú speculare, ma fluida e dialettica: appunto, la dimensione interiore. Giovanni Malfenti e l'Olivi fungeranno da *pars construens* entro lo steccato della giostra sociale, Guido Speier rivestirà i panni dell'« inetto » nuova maniera, dilettante, frivolo e fondamentalmente balordo, privo comunque di quel duro codice di comportamento indispensabile per partecipare allo scontro con qualche probabilità di successo: *pars autodestruens* e nulla piú. Zeno, che gioca da battitore libero, rimane a galla nel generale naufragio. E non solo: ma della propria condizione di « senilità », oramai purgata dei veleni che hanno dolorosamente inquinato la senilità di Emilio Brentani, riesce a fare un serbatoio pressoché inesauribile di pace morale, di serenità consapevole, di « cinica » saggezza: in coincidenza, nient'affatto casuale, con il successo economico. La senilità, che nel romanzo omonimo era stata l'emblema opaco, squallido e gualcito di una condizione esistenziale di rinuncia e di frustrazione, nel capolavoro della vera anzianità del romanziere diventa uno *status* ontologico situato oltre la mischia, in una zona privilegiata, in virtú della sostanziale conquista di una superiore distanza ironica.

Svevo ha al contempo accorciato le misure dai suoi protagonisti, nei confronti di *Una vita* e di *Senilità*, dal momento che in *Zeno* mette in atto concretamente i presupposti della sua poetica autobiografica entrando direttamente nel personaggio fino al limite ambiguo dell'identificazione; e ne ha allontanato la presenza teatrale e l'alito romantico mediante l'ironia. Tutto oramai si gioca nella « coscienza » di Zeno, come già si è notato: ma non dimentichiamo che un risultato cosí alto è stato preparato da una linea di tendenza che non ha praticamente soluzione di continuità, e che è quella, già fortemente ravvisabile in *Una vita* e in *Senilità*, dello spazio concesso all'introspezione e all'analisi. In *Senilità* soprattutto: perché è certo che il chiamare in causa particolarmente la propria biografia interiore dà al romanzo un carattere decisamente nuovo rispetto al libro precedente, e funziona da macchina portante e dinamica di un percorso psicologico che è già indirizzato verso la *Coscienza*.

I termini del problema sono spostati rispetto a *Una vita* nella misura in cui il conflitto individuo-società si manifesta non piú nei modi frontali ed esternamente panoramici del primo libro, ma viene colto prevalentemente nella dinamica che scatena all'interno della coscienza delle vittime protagoniste. Ciò non costituisce un arretramento nei confronti dell'ottica precedente, ma risulta in effetti una conquista, nel senso che lo scrittore, rifiutando istintivamente e consapevolmente la logica naturalistica del quadro concluso con pretese « totali », responsabilizza al contempo i personaggi in rapporto al mondo e se stesso in rapporto ai personaggi. Ciò che si gioca nella coscienza dei protagonisti è assolutamente fondamentale: cosicché la priorità non spetta piú, come una volta, alla descrizione del teatro dove si consuma la tragedia individuale come ineluttabile conclusione di un confronto impari, ma allo scandaglio del paesaggio interiore dell'antagonista sconfitto.

Se l'universo nel quale i personaggi si muovono è il polo negativo, la coscienza di essi, che tenta senza successo di negarne la negazione, è il luogo senza sbocco del fallimento. La saldatura tra sociale e individuale, in questa fase dello sviluppo di Svevo, avviene col superamento della vecchia dialettica dello scontro diretto dell'individuo con la società, nel quale rimaneva perfino aperta l'ipotesi (illusoria) dell'affermazione del primo sulla seconda: per entrare nella dimensione psicologica *tout court* e fornire attraverso di essa, o attraverso la sua deformazione schizofrenica, notizie del mondo esterno. La battaglia è perduta in anticipo. La lotta contro il sistema diviene sistema di lotta soprattutto con le proprie miserie e insufficienze e debolezze. L'aggressività di quel Julien Sorel formato quotidiano che è Alfonso Nitti, si è trasformata nel senso di frustrazione e nel complesso di colpa di Emilio Brentani, proprio perché è in qualche modo mutata la posizione ideologica dello scrittore.

E il grande tema della *Coscienza*, che è la « malattia », è presente sí già nella prima prova romanzesca del triestino: ma, come si è visto, in funzione di elemento soprattutto patologico, sulla scia della lezione « sperimentale » e zoliana. Basta un confronto tra il racconto dell'infermità della madre di Alfonso e quello della malattia del padre di Zeno, per costatarne la fondamentale differenza sul piano della rappresentazione. Nel secondo caso è venuta meno la descrittività minuziosa e un poco scolastica del narratore che si preoccupa di rendere col massimo di esattezza documentaria una « fetta di vita » nelle sue manifestazioni piú tristi; e rimane la forza tragica di una situazione che, al di là del puro e semplice decesso apre, anche in virtú del grande momento dello « schiaffo », una catena di risonanze poetiche e umane amplissima, in certo senso non localizzabile altro che all'interno delle reazioni e delle emozioni mediate dalla « coscienza » di Zeno.

Ma, ancora una volta, è da dire che il processo di sviluppo di Svevo segue un andamento che non ha nulla di casuale, o di genialmente improvvisato. Il *trait d'union* tra il « caso clinico » di *Una vita* e la « morte sublimata » della *Coscienza di Zeno* è dato in realtà dall'autoannientamento e dal delirio di Amalia (*Senilità*), che è già l'emblema di un « lungo dolore cosciente », quasi della « malattia » che insidia tutto ciò che è vivente in modo innaturale e scorretto: ben al di là insomma di un isolato episodio di infelicità personale e di disperazione privata.

Il dolore, la solitudine, la senilità, la sconfitta, la malattia, la morte: sono temi che rimandano i loro echi dall'uno all'altro romanzo di Svevo; ma ciò che li differenzia poeticamente dal gusto cupo e unilaterale di tanta letteratura dell'angoscia, soprattutto nordeuropea, decadente e nevrotica, è la spinta che ne viene per forza di contrasto da un pensiero decisamente laico e insomma tutt'altro che fumosamente spiritualistico, all'amore per la vita. Il dolore, la solitudine, la senilità, la sconfitta, la malattia, la morte, la passione sensuale e il trasporto affettuoso sono soltanto una serie di « accidenti » dentro il Grande Accidente che è l'esistenza, o colui che ne è il protagonista: l'uomo, l'« occhialuto uomo ». Il lungo tragitto riflessivo e poetico di Svevo lo ha portato a sdrammatizzare dalle tinte piú vistosamente aggressive i pannelli del suo vasto affresco esistenziale, e quindi a risolvere le ragioni della sua poetica autobiografica e del suo istinto analitico in termini di pacato stoicismo.

Con *La coscienza di Zeno*, par quasi che Svevo sia al di là della letteratura, nel pieno di un'esperienza totale. E ciò avviene nella misura in cui il nuovo romanzo si pone come definitiva alternativa alla pratica letteraria del triestino fino a *Senilità*, al suo rapporto col proprio prodotto artistico. I confini tra fisionomia della finzione narrativa e fisionomia dell'autore sono nella *Coscienza* tanto labili da confondersi; il diaframma tra cadenza degli eventi romanzeschi e ritmo del pensiero che li determina è tanto sottile da praticamente scomparire; il romanzo « da fare » e « fatto » diventa « romanzo che fa se stesso » e « romanzo che fa l'autore »: come dire che si è istituita una dialettica profondamente diversa tra Svevo e la sua opera.

La maturità non arriva con la precipitazione gioiosa e un po' folle dei doni inattesi. Al facoltoso industriale Ettore Schmitz, almeno, non arrivò cosí. In *Vita di mio marito* Livia Veneziani Svevo ci fornisce una serie di notizie assai utili a intendere la portata di questo silenzioso processo umano e culturale in cui, oltre all'ampliarsi della raggiera di letture e di studi, all'arricchimento dell'esperienza viva coi frequenti viaggi all'estero, all'amore per il violino che lascerà le sue tracce « tecniche » anche nella struttura in qualche misura musicale di *Zeno*, cade fin dal 1910 l'incontro con la psicanalisi, che impegna Svevo fino alla traduzione del freudiano studio *La scienza dei sogni*, facendo scattare in modo totalitario il meccanismo analitico e riflessivo che già nei precedenti romanzi aveva tenuto parzialmente campo.

È comunque certo che il rapporto con la psicanalisi, al di là di tutte le tentazioni maieutiche che hanno portato certa critica ad attribuirle eccessive responsabilità in ordine alla genesi di *Zeno*, resta un elemento non trascurabile del processo di cui si diceva, e un inevitabile punto di riferimento culturale per situare correttamente la nascita e il significato dell'ultimo grande libro sveviano.

Abolizione della terza persona in favore della prima, totale rinuncia ai postulati e allo scenario topico del romanzesco, interiorizzazione assoluta del quotidiano, introspezione individuale come tramite di analisi sociale, moderato uso del *flusso di coscienza*, recupero del tempo trascorso attraverso la memoria del narratore protagonista. L'area è oramai decisamente europea. Se le teorie di Freud sono al contempo prodotto e elemento reattivo di una cultura bisognosa di rompere le strettoie positivistiche, lo « stream of consciousness » joyciano come l'angoscia metafisica di Kafka,[7] la memoria narrante di Proust come il monologo interiore di Svevo respirano la stessa estremistica atmosfera di prodotti di una crisi irreversibile, nati sul crinale del discrimine storico che si chiama età dell'imperialismo, portando in comune almeno un segno, quello dell'annichilimento del desiderio e del diritto individuale: quello stesso che in Pirandello slitta verso la follia anonima del tic, della fissazione sull'inezia, dell'insistenza schizofrenica, e insomma si denuncia come il crisma di un'impossibilità disperante di abbracciare il mondo con lo sguardo e col gesto fisico. La parcellizzazione interiore dell'individuo è il corrispettivo psicologico della fase imperialistica nella sfera socio-economica. Lo spazio vitale è oramai soltanto « dentro »: nella memoria e nel sogno, nell'analisi dei meccanismi psichici e nello stravolgimento dei nessi morfologici e sintattici della logica narrativa naturalistica riposa l'ultima illusoria « libertà » del borghese allo specchio.

Del resto, come si è già detto, Svevo non ebbe mai troppa fiducia nella terapia psicanalitica. La sua ammirazione per Freud non poté mai risolverlo ad abbandonarsi a eccessivi ottimismi circa i risultati delle sue cure. In sostanza, probabilmente era soprattutto la seria lezione laica e razionalistica del viennese a interessarlo sul piano culturale e ideologico, mentre il suo sospetto per la pratica medica psicanalitica non venne mai meno, anche per i casi d'insuccesso di cui ebbe diretta notizia.[8] La suggestione della novità e della diffusione

[7] Scrive la moglie Livia Veneziani in *Vita di mio marito*, cit., pp. 144-45: « Aveva un'avida e fresca curiosità di conoscere tutto. Leggeva molto, specialmente di notte, e spesso mi svegliava per leggermi ad alta voce qualche passo che lo aveva colpito. L'ultimo suo amore letterario fu Kafka, su cui si riprometteva di scrivere un saggio e un profilo ».

[8] Cfr. in proposito le *8 lettere a Valerio Jahier (dicembre 1927 - maggio 1928)*, in Livia Veneziani Svevo, *op. cit.*, pp. 189 sgg.

di massa del freudismo non ebbe mai la meglio sul buonsenso e sul sano empirismo di Svevo: alla sua rivoluzione letteraria la rivoluzione scientifica della psicanalisi rimaneva abbastanza estranea:

> « Se credo che Freud sia un grande maestro è perché credo conferisca la debita importanza alle nostre esperienze. Molto prima di aver conosciuto il Freud, io raccontai in una novella intonata solo a un grande buon umore la mia avventura di quello scambio di funerale. Si fece molto piú seria nel romanzo e Ada poté intenderne tutto il significato.
> Ma Freud non può avere per la letteratura altra importanza di quella ch'ebbero a suo tempo Nietzsche e Darwin. E Lei può anche aver ragione di pensare che i benefici che si possono trarne (una maggior sicurezza che può procurare un maggior calore) possano essere compensati da molti danni. Io ne so qualche cosa per quello che m'avvenne con *Una vita* fatto tutto nella luce della teoria di Schopenhauer. E talvolta mi pare di sentire che la chiusa di quel romanzo non abbia maggior calore della conclusione di un sillogismo ».[9]

Sul difficile rapporto tra Svevo e la psicanalisi ha scritto diffusamente Michel David;[10] ma sta di fatto che, se negare la presenza della disciplina nel complesso panorama dell'arte sveviana è assolutamente erroneo, tuttavia non va sottovalutata l'autonomia dialettica di quest'arte, la sua non-dipendenza dalle scoperte scientifiche e dalla metodologia di Freud.

Comunque, gli interessi psicanalitici di Svevo, oramai

[9] Cfr. lettera a Valerio Jahier del 1 febbraio 1928, in *op. cit.*, di Livia Veneziani Svevo, p. 193.

[10] Cfr. Michel David, *La psicoanalisi nella cultura italiana*, Torino, Boringhieri, 1966, con prefazione di Cesare Musatti.

convinto di aver chiuso in passivo e per sempre i suoi conti con la letteratura (« L'insuccesso di *Senilità* che pubblicai a 37 anni mi fece risolvere di abbandonare del tutto la letteratura... », si legge in *Saggi e pagine sparse*, cit., p. 175), funzioneranno come uno dei lieviti per un approccio al lavoro letterario profondamente diverso da quello passato. La « rivoluzione » sveviana seguirà vie sotterranee e quasi imprevedibili allo stesso autore, non sarà l'esplosione violenta di un vistoso temperamento creativo. In proposito, ha ragione Montale a dire: « Quando si legge Svevo si resta soprattutto stupefatti della sua "tempestività". Nel suo curriculum letterario, nella vita stessa, un uomo giunto a tempo né prima né dopo ».[11]

Come dimostrano le tarde prove della narrativa sveviana, da *Vino generoso* a *Una burla riuscita*, da *Corto viaggio sentimentale* a *La novella del buon vecchio e della bella fanciulla* al *Vecchione*, il conflitto e la tensione tragica si sono placati nell'animo (ma è il caso di dire, nella coscienza critica) dei protagonisti. C'è una legge suprema che bisogna accettare, quella della biologia, dell'età, delle generazioni: che è piú forte e piú umana di ogni legge sociale. L'amore di Svevo alla vita si manifesta, in questa fase ultima della sua attività, nei modi materialistici e ironici che percorrono le estreme opere minori. Ma si tratta pur sempre della fine di una parabola che ha seguito un tracciato di fondamentale organicità sia espressiva che culturale. E in effetti, a ben vedere, la cultura che Svevo ha respirato soprattutto negli anni della sua formazione, è la stessa da cui sono usciti i grandi « inetti » della letteratura borghese tedesca e mitteleuropea: dal Wilhelm Meister goethiano all'Ulrich di Musil, col passaggio obbligato dei *Budden-*

[11] Cfr. Eugenio Montale, prefazione alla *Corrispondenza con Valery Larbaud, Benjamin Crémieux e Marie-Anne Comnène*, Milano, All'insegna del pesce d'oro, 1953, p. 7.

brook di Thomas Mann. Inetti per vocazione e per scelta, oltre che per oggettivo condizionamento di classe, questi esponenti di un mondo sociale e di una temperie spirituale che non hanno alternativa tra produttivismo filisteo e estetismo anarcoide si situano, proprio perché votati a una disponibilità totale e assolutamente aperta, a abitare fuori del corso reale della storia. Ciascuno di essi, in quanto come Ulrich dell'*Uomo senza qualità* « esita a fare di sé qualcosa », si danna a « vivere ipoteticamente »: realizzandosi cioè, di volta in volta, sulla cresta sterile dei propri privati fallimenti. Svevo ha capito lucidamente tutto ciò: ha capito che il destino di un individuo, reale o letterario, non è separabile da quello della sua classe, dalla storia e dalla dinamica di essa: ma semmai ne è l'emblema e la concentrazione, nel bene e nel male.

Zeno, che appartiene a una classe superiore, pur avendo in comune con Alfonso Nitti ed Emilio Brentani alcune insufficienze e inefficienze, può permettersi di raccontare da vincitore la propria storia, riconsiderandone al tavolo dello stratega, a posteriori, gli episodi meno riusciti addirittura come momenti di un inconscio disegno di dimensioni e di linee ferme e composte, di una vocazione alla durata, alla vittoria sull'istante che si brucia, alla costruzione di una sicurezza che, per quanto ironicamente considerata, è pur sempre una sicurezza di classe. In fondo all'ontologia sveviana c'è questa consapevolezza, e il generoso cinismo di Zeno ne è la conferma.

Si è visto, nelle pagine dedicate alla grande trilogia romanzesca del triestino, come il tessuto connettivo che lega le passioni, i gesti e i rapporti dei personaggi, prima e parallelamente all'analisi che ne conduce l'autore, sia Trieste come « personaggio ». Che si configura come elemento naturale e immediato negli *esterni*, come struttura artificiale e mediata negli *interni*. L'illimitato orizzonte dei paesaggi triestini che particolarmente in

Senilità possiedono una carica di struggente deliquio, si restringe e s'intorpidisce fino alla volgarità, a una grettezza sordida, negli interni della piccola borghesia (la casa Lanucci in *Una vita*, la casa di Angiolina in *Senilità*); si banalizza fino alla fatuità in quelli del ceto altoborghese. Ma ciò che piú importa è sottolineare come il dato scenografico venga immancabilmente interiorizzato, fino ad essere assimilato alla situazione esistenziale e psicologica dei personaggi che l'occupano: non piú spazio fisico ma spazio della coscienza. Un esempio tra i piú alti di questa capacità di fusione di ambienti e destini umani è dato dalla corsa verso la morte di Amalia in *Senilità*, la cui tragedia si consuma silenziosamente tra le quattro mura della casa abitata da lei e dal fratello.

Ed è da dire che quanto nel primo romanzo sapeva di ricostruzione elaborata alla lucerna sotto la scorta del manuale naturalistico, si dispiega liberamente nei libri successivi come luogo indispensabile allo sviluppo della dinamica romanzesca. Si pensi perciò, piú che alle minuziose descrizioni della Banca Maller e delle sue formiche gregarie, alle folgoranti istantanee di vita commerciale che compongono lo splendido album triestino della *Coscienza di Zeno*, a quei colori spenti e grigi del paesaggio urbano dove è peraltro cosí difficile scoprire il punto di sintesi (dato che ne sussistono molteplici) coi protagonisti che lo animano: davvero, piuttosto che cornice della narrazione, trama necessaria e insostituibile.

Parlando di *Senilità* in una pubblica commemorazione, Montale ha toccato puntualmente il problema della coerenza, all'interno della contraddittoria unità dei motivi e dei temi dello scrittore triestino. Chiudere questa analisi critica con le sue parole, vuole essere anche un omaggio a chi per primo in Italia, nel 1925, si accorse del nostro maggiore romanziere contemporaneo: « *Senilità* è, con alcuni scritti ultimi di Svevo (fra i quali tutta la prima parte della *Novella del buon vecchio*) il suo libro piú composto, quello che ci fa correr diritti, durante le riletture, allo stacco preciso di alcuni episodi, alla laconica perfezione di alcuni epigrammi che ci sono rimasti nella memoria come vi restano i motivi conduttori di una sinfonia. È certamente per questo che molti critici – forse non ultimo quello che vi sta parlando – hanno mostrato una preferenza per la storia di Emilio e di Angiolina, ravvisando in *Senilità* (brutto titolo, ormai non piú modificabile) il capolavoro dello scrittore. A distanza di piú che sessant'anni dall'apparizione del libro, trent'anni dopo la sua insoddisfacente ristampa, io andrei piú cauto in simile affermazione. Se Svevo avesse interrotto a questo punto il suo lavoro, qualcuno avrebbe prima o poi tirato fuori il suo nome dagli archivi della storia letteraria, com'è accaduto per Luigi Gualdo, ma noi non saremmo qui a commemorarlo. Se è stato possibile un caso Svevo non si deve cercarne le ragioni in una polemica occasionale ma nell'evidenza stessa della lunga strada da lui percorsa, della singolarità e tempestività delle sue apparizioni e resurrezioni. Non senza verità si è affermato che Svevo ha scritto tre volte lo stesso libro: ma bisogna aggiungere che ogni suo libro è un libro diverso, è la tappa di un cammino che doveva essere compiuto. Chi colga il senso di una simile evoluzione (che non è dall'imperfetto, dall'approssimazione al resultato definitivo, ma la necessaria adeguazione a nuovi motivi interiori suggeriti o addirittura imposti dal mutato spirito del tempo, dei diversi tempi da lui attraversati), chi colga nella sua unità le varie stagioni dell'opera sua potrà fermare qua o là le sue preferenze di lettore antologico, ma non potrà mai rinchiudere, imprigionare Svevo nei limiti di una pagina o di un'opera sola. Non è solo l'analista che oggi interessa in lui, sebbene la letteratura d'analisi, che in Italia è povera di nomi, abbia avuto in lui un maestro e un precursore; è piuttosto l'irrequietudine ch'egli fomenta in noi, il bisogno di uno slancio, il senso di un di là dalla pagina. Svevo è uno scrittore sempre aperto: ci accompagna, ci guida fino a un certo punto ma non ci dà mai l'impressione di aver detto tutto: è largo e inconclusivo come la vita ».[12]

[12] Cfr. Eugenio Montale, *Italo Svevo nel centenario della nascita*, cit., pp. 26-27.

IV

LA CRITICA

La bibliografia della critica su Svevo occupa oramai decine di scaffali e interessa le principali lingue del mondo; è questa la ragione per cui ci si limiterà qui a darne una rassegna che non ha nessuna pretesa di completezza, ma vuole soltanto costituire un repertorio di voci e di interpretazioni indispensabili per un approccio culturalmente fondato all'opera del triestino.

Come scrive Bruno Maier,[1] nello svolgimento della critica italiana su Svevo occorre distinguere tra un periodo, per cosí dire, di « preistoria » e un periodo di « storia »; cioè tra una fase di casuale e contingente impressionismo e una fase di seria analisi esegetica. È superfluo dire che i due periodi coincidono rispettivamente con l'epoca di oscurità dello scrittore e con l'epoca della sua fama dilagante.

Nella preistoria critica del triestino rientrano le recensioni dei giornali locali ai suoi due primi romanzi, tra le quali peraltro di notevole interesse restano gli articoli del giovane Silvio Benco (« L'Indipendente », 12 ottobre 1898) e di Ida Finzi, scrittrice triestina che si

[1] Cfr. Bruno Maier, *Svolgimento storico della critica sveviana*, in Italo Svevo, *Opere*, cit.: dal quale chi scrive ha ricavato una ricchissima messe di notizie e di indicazioni utili alla stesura di questa breve rassegna degli orientamenti critici su Svevo.

celava sotto lo pseudonimo « Haydée » (« Supplemento al Caffaro » di Genova, 11 febbraio 1899). Ma è da dire che anche fuori del limitato cerchio municipale qualcuno si accorse del giovane romanziere. *Una vita* ebbe l'ambitissimo riconoscimento di una recensione di DOMENICO OLIVA sul « Corriere della Sera » dell'11 dicembre 1892, nella quale l'autore veniva definito « non... il primo venuto », pur se veniva denunciata la scarsa maestria tecnica e stilistica della sua prosa: concetto questo che aduggerà tanta critica successiva e « qualificata » perfino durante la fortunata esplosione della *Coscienza di Zeno*.

È comunque certo un fatto: che Svevo, scrittore controcorrente già ai suoi esordi, stretto tra i residui del naturalismo e l'ondata di piena del dannunzianesimo, non poteva assolutamente rompere la crosta del suo isolamento soltanto grazie al benevolo interesse suscitato nella stampa della sua città o in pochi altri giornali, quasi tutti ristretti ad ambienti provinciali (se si fa eccezione del milanese e influente « Corriere »). È in questa luce che va valutato il peso della recensione di Silvio Benco alla *Coscienza di Zeno* (« Il Piccolo della Sera », 5 giugno 1923). Da quel fine lettore che è, il critico triestino osserva che il vero e piú profondo significato del romanzo non va ricercato nell'esteriore compiutezza ed eleganza dell'« espressione letteraria », ma in « tutto quello che... contiene di esperienze varie e curiose, di coraggiosi approfondimenti analitici e d'individualità indipendente ». Non sfugge al Benco l'elemento psicanalitico del libro, anche se riconosce che la propensione alla « psicanalisi » e ai suoi modi d'indagine sono in Svevo istintivi e peculiari della sua natura di scrittore e di moralista.

La « preistoria » della critica sveviana può considerarsi chiusa coi due articoli di FERDINANDO PASINI (*Segnalazioni letterarie*, nella « Libertà » di Trento, 10 agosto 1924; e *Note retrospettive*, ibid., 14 maggio 1925), il quale coglie la dialettica tra « salute » e « malattia » che anima *Zeno,* sottolinea la finezza dell'umorismo che circola nel romanzo, e afferma l'insufficienza di un metodo che per penetrare criticamente nell'opera si affidi esclusivamente al cruschevole e pedantesco « criterio della perfezione stilistica ».

Sei mesi dopo appare il saggio di EUGENIO MONTALE (*Omaggio a Italo Svevo,* in « L'Esame », Milano, IV, novembre-dicembre 1925), importantissimo sia per il valore e l'acume dell'analisi, sia per il fatto « pubblicitario » che per la prima volta l'opera sveviana viene affrontata sulle pagine di una rivista nazionale di grande prestigio da un poeta impostosi proprio in quell'anno con un libro memorabile come *Ossi di seppia.* Non insisteremo sulle analogie tra il mondo di Montale e il mondo di Svevo, ma è certo che il poeta ligure, parlando di « epica della causalità della nostra vita di tutti i giorni » e definendo la *Coscienza* « il poema della nostra complicata pazzia contemporanea », ha colto con precisione il nucleo poetico e umano della narrativa di Svevo ponendosi al livello del suo punto d'osservazione. È questa carica di simpatia ideologica che gli permette di vedere l'opera sveviana segnata da un « desiderio continuo di sondare, ben al di là delle parvenze fenomeniche dell'essere, in quella zona sotterranea e oscura della coscienza dove vacillano e si oscurano le evidenze piú accettate »: definizione, ci pare, dove non è arduo rintracciare la convinzione di avere individuato una forte sintonia tra il proprio lavoro e quello di un autore la cui scoperta si rivelava tanto esaltante, anche tenendo conto della situazione socio-culturale dell'epoca nel nostro paese, e della produzione letteraria coeva, in prevalenza legata al frammentismo squisito, al bozzetto lirico, al narcisismo stilistico, e comunque lontana dalla serietà morale dell'operazione del triestino.

Negli anni tra il 1926 e il 1928 si occupano di Svevo Umberto Morra, Enrico Rocca, Sergio Solmi e Carlo

Linati, in riviste e quotidiani. U. Morra afferma che « le manchevolezze nello stile di Italo Svevo sono tanto evidenti, che il primo giudizio su questi libri sarà sempre una condanna: sono scritti male... ». Malgrado faccia una puntigliosa rassegna delle deficienze linguistiche della narrativa sveviana, dal canto suo E. Rocca riconosce comunque a Svevo una straordinaria « perizia di notomizzatore » e « l'atroce coraggio di crudamente esporre e ragionare quelle buie verità e sensazioni che non osiamo neppure confessare a noi stessi ». La recensione S. Solmi a *Senilità*, che appare al critico il romanzo piú riuscito del triestino, precisa acutamente le ragioni dell'insuccesso dei primi due libri, e analizza correttamente i caratteri dello stile sveviano: Svevo non ha mai avvertito « la necessità di un qualsiasi ricollegamento alla tradizione formale della lingua in cui ha scritto, forse per caso, i suoi libri... »; cosicché « il fondamento che presso altri scrittori è rappresentato solitamente dall'elaborazione letteraria, dallo studio dei classici e dei moderni, sembra esser stato sostituito, per lui, da una riposata e attenta esperienza della vita, da una lucida, corrosiva scienza del cuore umano » (Il « Convegno », VIII, 1927). Il saggio di C. Linati risulta, piú che una vera e propria esegesi critica, un partecipe ritratto del romanziere triestino, non altrimenti dagli scritti di Giani Stuparich e di Umberto Saba.

Il mediocre libro di Federico Sternberg (*L'opera di Italo Svevo,* Trieste, C.E.L.V.I., 1928) merita un cenno soltanto perché è la prima monografia uscita dopo la morte di Svevo, mentre di qualche interesse è il saggio di Enrico Emanuelli che vide la luce su « La Libra » (Novara, dicembre 1928), nel quale si parla di Svevo come di uno scrittore che possiede « una vera tempra di romanziere: profondo, esatto, vigoroso nel creare figure, nello scoprire e denudare le azioni, sicuro e infallibile nella delineazione dei sentimenti ».

Nel 1929 esce il fondamentale saggio di Giacomo

DEBENEDETTI, *Svevo e Schmitz,* incluso successivamente in *Saggi critici,* nuova serie (Roma, Edizioni del Secolo, 1945) e quindi ristampato nell'accresciuta edizione mondadoriana del libro (1955), insieme a *Lettera a Carocci intorno a « Svevo e Schmitz »* e *L'ultimo Svevo.* Centrale nell'analisi del Debenedetti è lo studio del rapporto tra « autobiografia » e « romanzo », da cui discende il concetto di una sostanziale identità dei protagonisti della trilogia sveviana. L'eroe sveviano, che mostra « i segni fisionomici di quell'astratto individuo psicologico [...] delineato da Otto Weininger in *Sesso e carattere,* sotto il nome di *ebreo* », è l'inetto, l'uomo che non riesce a stabilire un reale contatto col mondo, e resta incapace di risolvere l'« indecifrabile e caotico enigma dell'esistenza ».

Assai pertinenti risultano le osservazioni di Debenedetti sulla lingua sveviana. Superando decisamente le secche del miope purismo tutto impegnato a stigmatizzare le pecche linguistiche del triestino senza penetrare oltre la scorsa dei suoi moduli espressivi, il critico parla della necessità che Svevo ebbe, in quanto uomo di frontiera e di formazione letteraria eterodossa rispetto alla tradizione nazionale, di crearsi una sorta di « esperanto » di straordinaria forza comunicativa e poetica. « Il linguaggio di Svevo è un italiano fortuito e avventizio » che riesce comunque a farsi stile proprio perché aderisce perfettamente alla materia narrata e all'ideologia che la esplora.

Come è noto, Debenedetti è tornato a piú riprese su Svevo: ultimamente nel libro che è forse il suo capolavoro (*Il romanzo del Novecento,* Milano, Garzanti, 1971), e nel quale considera anche il triestino come uno dei protagonisti di quella fondazione del romanzo moderno come atto esistenziale, come un modo di conoscersi « della condizione umana non piú omogenea con l'idea tradizionale che avevamo dell'uomo, ridiventata enigmatica perché non sa piú le sue ragioni d'essere in un mondo in via di cambiamento cosí nelle strutture come nelle ideologie ».

Interessante è anche, soprattutto sul piano di certe notazioni relative alla formazione italo-tedesca di Svevo, il profilo di Silvio Benco (in « Pegaso », I, 1929), nel quale sono indagate le ragioni dello « scriver male » del triestino. Sempre nel 1929 escono i numeri di « omaggio » delle riviste « Convegno » e « Solaria », che contengono scritti degli italiani Angioletti, Consiglio, Debenedetti, Ferrero, Ferrata, Franchi, Gadda, Lodovici, Montale, Palazzeschi, Raimondi, Rossi, Solmi, Saba, Stuparich e Tecchi; e scritti degli stranieri Brion, Boulenger, Chabas, Crémieux, Erenburg, Goll, Hellens, Joyce, Larbaud, Michel, Monnier, Schwenk, Soupault, Van Schendel e Thérive: i nomi e le nazionalità mostrano come oramai la consacrazione europea di Svevo sia un fatto compiuto.

Nel 1930 e negli anni immediatamente successivi scrivono di Svevo il Sapegno, il Galletti, il Momigliano, il Devoto, il Flora, il Pompeati, Mario Apollonio e il Sansone, introducendo cosí l'opera sveviana nel mondo accademico. Nel 1930 (« Solaria », V, 1930, n. 12) Elio Vittorini[2] parla di Svevo come di un uomo la cui necessità era « scrivere *sul serio* », non per vizio letterario o gusto estetizzante ma per compiere un atto morale, obbedire a una vocazione profonda: non lontano, in questo, dal grande Stendhal e dalle sue esperienze condotte sul versante « della scrittura corsiva, dello stile da codice civile ». Le piú vive tra le giovani forze della cultura italiana mostrano cosí di avere ampiamente capito la lezione conoscitiva e poetica del romanziere, riconosciuto come uno dei veri maestri dell'avanguardia letteraria.

Linguisticamente parlando, l'analisi piú seria dello

[2] Parzialmente riprodotto in Elio Vittorini, *Diario in pubblico*, Milano, Bompiani, 1957.

stile sveviano è stata compiuta da Giacomo Devoto (in « Letteratura », II, 1938, n. 4, pp. 3-13; poi inserito in *Studi di stilistica*). Lo studioso dissente nettamente da quanti hanno adottato la pseudocategoria dello «scriver male» a proposito della prosa del triestino, in quanto «scrivono male quanti, rifiutandosi di fare qualsiasi scelta tra le formule linguistiche impresse nella loro memoria, le impiegano a caso, senza nessuna partecipazione per le loro risonanze nell'animo del lettore. Scrivono male quanti, per incapacità di pensare e sentire in modo autonomo, concentrano ogni attenzione, ogni sforzo nella lingua assurdamente concepita come ornamento. Né l'uno né l'altro è il caso di Svevo ».

Nel dopoguerra l'attenzione e l'interesse per l'opera sveviana sono ancora cresciuti: cadute le barriere culturali innalzate dal provincialismo fascista, stupidamente autarchico anche nelle cose della letteratura, il confronto con le esperienze straniere, europee e americane, non ha potuto che giovare a una ripresa e a un approfondimento delle indagini su Svevo, condotte secondo parametri ben piú ampi e liberi di quelli adottati durante l'infausto ventennio. S'impone l'esigenza di instaurare un piú diretto rapporto tra letteratura e vita, tra comunicazione poetica e realtà concreta. La tendenza, di cui negli anni Trenta la rivista fiorentina « Solaria » si era fatta anticipatrice coraggiosa, viene a implicare la necessità di « rileggere » Svevo in una chiave meno grettamente « italiana » e invece piú apertamente europea e in certo senso interdisciplinare. Il veto fascista alla psicanalisi e alle cosiddette scienze umane è caduto, e la migliore cultura nazionale si avvale di strumenti di conoscenza e di indagine critica nuovi e raffinati, tentando di superare l'*impasse* del doppio dogmatismo « di destra » e « di sinistra ». In questo clima la fortuna di Svevo continua a crescere, e la figura dello scrittore oramai campeggia stabilmente accanto a quelle dei classici del Novecento.

Notevolissimo contributo alla conoscenza anche umana del triestino proviene dal bel libro di LIVIA VENEZIANI SVEVO scritto in collaborazione con Lina Galli, con note e indici a cura di Anita Pittoni, *Vita di mio marito* (Trieste, Edizioni dello Zibaldone, 1958). Di non minore interesse è lo studio di BRUNO MAIER dal titolo *Profilo della critica su Italo Svevo (1892-1951)* (Trieste, Editrice Università di Trieste, 1951); nonché l'altro studio dello stesso autore, *Italo Svevo e la critica straniera* (in « Pagine istriane », III serie, a. VI, maggio 1955, pp. 3-11 e ottobre 1955, pp. 17-24, poi in volume, Trieste, La Editoriale Libraria, 1956), che fanno attentamente il punto sulla situazione degli studi sul romanziere. Tra gli scritti brevi dovuti a Giorgio Luti, Arcangelo Leone De Castris, Oreste Del Buono e GIULIANO MANACORDA, degno di particolare attenzione è l'articolo di quest'ultimo *Oblomovismo italiano? La fortuna letteraria di Italo Svevo*, (in « Rinascita », VI, 1949), per i contatti che vi si individuano tra l'opera di Svevo e l'*Oblomov* del russo Gončarov. Altri contributi notevoli sono quelli di ETTORE BONORA e di MARIO APOLLONIO, che esaminano acutamente il linguaggio dello Svevo maggiore e dello Svevo tardo in rapporto all'unico legittimo termine di confronto: il suo mondo, la sua ispirazione.

Con CARLO BO e GENO PAMPALONI la critica di ispirazione cattolica ha delineato di Svevo un diagramma che punta, nel primo caso (*Per un ritratto di Italo Svevo*, in *Riflessioni critiche*, Firenze, Sansoni, 1953) alla biografia interiore; nel secondo all'individuazione dell'arco di sviluppo dell'« inetto » da *Una vita* a *La coscienza di Zeno* (*Italo Svevo*, in « Terzo Programma », 1964, n. 2). Dell'utilità dello studio di GIACINTO SPAGNOLETTI sulla formazione giovanile dello scrittore fino a *Una vita* (*La giovinezza e la formazione letteraria di Italo Svevo*, in « Studi Urbinati », nuova serie B, 1953) si è già detto nel presente saggio; aggiungiamo che la metodologia di Spagnoletti intende, come ha scritto il Maier, « giungere alla conclusione e alla definizione critica attraverso l'indagine dei dati offerti dalla biografia ».

A Bruno Maier si deve un suggestivo profilo sveviano (*Italo Svevo*) pubblicato nella collana « Civiltà letteraria del Novecento » dell'editore Mursia. Per quanto riguarda i rapporti tra il romanziere e la psicanalisi, molto preciso è lo studio di Giulio Cattaneo, *Svevo e la psicanalisi* (in « Belfagor », XIV, 1959, n. 4).

In questi ultimi anni la bibliografia critica sveviana si è arricchita da noi di alcuni testi di grande interesse. *Italo Svevo* di Arcangelo Leone De Castris (Pisa, Nistri-Lischi, 1959) è un libro che, sulla linea fornita dal noto giudizio di Vittorini (« Svevo, venuto all'ultimo momento, lui che parrebbe un estraneo, un relitto, ci ha giovato meglio che venti anni di pessima letteratura »), esplora acutamente i nessi che legano il triestino alla civiltà europea, e i modi in cui tali nessi vengono a intrecciarsi alla sua « seconda cultura », quella italiana, in un nodo di poesia particolare e irripetibile: « Con Svevo, qualcosa di estremamente fecondo entrava nei nostri confini, qualcosa di tanto imponente e carico di interne energie di rottura da lasciar sperare in un cedimento di tutti i cordoni polizieschi, di difese e sicurezze, imperturbabilità e immobilismi: entrava l'Europa con la sua spiritualità e la sua crisi, la ricchezza dei suoi problemi e delle sue rinnovate prospettive; ed entrava la vita vera, il coraggio della denunzia drammatica, totale, di una umanità eccezionalmente scoperta e indifesa da falsi pudori e da mistificazioni. Entrava, con Svevo, la "coscienza" dell'Europa postromantica, il fermento di una cultura in cui si annunziavano i destini dell'anima contemporanea, i termini concreti di un dramma storico che non era lecito eludere o ignorare ».

Con *Italo Svevo e altri studi sulla letteratura italiana del primo Novecento* (Milano, Lerici, 1961), Giorgio

Luti affronta in termini marxisti, ma con una sensibilità alle soluzioni stilistiche e ai valori espressivi che gli viene dalla frequentazione degli strumenti critici piú affilati dei nostri anni, la ricca problematica sveviana, fondando la sua analisi su due punti centrali: 1) Svevo in rapporto alla crisi della borghesia europea; 2) poetica borghese e polemica borghese di Svevo. Scrive il Luti a proposito del libro di esordio del romanziere: « Le pagine di *Una vita* offrono la caratterizzazione socialmente piú individuabile della poetica di Svevo: *Una vita* è realmente lo specchio della "poetica borghese" che opera e agisce in profondo nell'opera del Triestino. Si tratta di una poetica esplicita, e quindi teorizzata, che ancora non si è fatta storia, e non è ancora operante in profondo. Lo diverrà quando su questo canovaccio, socialmente valido nella sua amarezza e nella sua disperazione, Svevo riuscirà ad inserire il dramma autentico non solo del suo personaggio ma dell'*uomo*, quando cioè la socialità diverrà operante individualmente e Svevo non tenterà di darci il quadro sociale in cui inserire il personaggio, ma al contrario offrirà il personaggio come testimonianza "universale" di una fallita socialità ».

L'influsso delle tecniche strutturaliste si avverte, peraltro con risultati notevoli, nel libro di Sandro Maxia, *Lettura di Italo Svevo* (Padova, Editrice Liviana, 1965), in cui particolarmente interessante risulta l'analisi del problema del tempo nella *Coscienza di Zeno*, ove « il processo di autocreazione della coscienza avviene in una dimensione temporale che, mutuando una definizione che appartiene allo stesso Svevo, possiamo chiamare il *tempo misto*. È stato lo stesso Svevo a scrivere che è il destino dell'uomo quello di vivere in un tempo misto, sebbene la grammatica umana non contempli che i tempi puri, "che sembrano fatti per le bestie le quali, quando non sono spaventate vivono lietamente in un cristallino presente" ». Piú didattico ed esplicativo risulta il libretto di MARCO FORTI, *Svevo romanziere* (Milano, All'insegna del pesce d'oro, 1966), nel quale viene esaminata con chiarezza anche l'ultima e minore produzione dello scrittore.

Chiudendo questa rassegna degli orientamenti della critica sul romanziere triestino, è bene ricordare l'affettuoso e intelligente volume dal titolo *L'anima di Trieste* di ANITA PITTONI (Firenze, Vallecchi, 1968), nel quale si assiste a una fusione lirica e razionale dell'atmosfera triestina, storica e contemporanea, con gli uomini e le opere « ripescate » nella memoria.

Troppo lungo sarebbe esaminare i contributi degli studiosi stranieri. Citeremo allora soltanto, come un momento oramai leggendario (Svevo stesso ne parlò come di « una pietra miliare nella *sua* vita »), il saggio di BENJAMIN CREMIEUX comparso nel n. 9 (II, 1 febbraio 1926) de « Le Navire d'Argent ». Ma è da dire che la prima critica francese su Svevo, ancora percossa e attonita dall'apparizione del pianeta Proust, ha cercato piuttosto scorrettamente di « assimilare » l'esperienza del triestino a quella dell'autore della *Recherche*, parlando a piú riprese di Svevo come di un « Proust italien ». Sciovinismo? Colonizzazione culturale? Può darsi: ma la gratitudine per la scoperta e il riconoscimento clamoroso dell'opera sveviana può anche ignorare questi aspetti meno generosi di un'azione generosissima.

Per quanto riguarda il *côté* documentario, di estremo interesse risultano:

Lettere a Svevo. Diario di Elio Schmitz, a cura di B. MAIER, Milano, Dall'Oglio, 1973;

Carteggio con Joyce, Valery Larbaud, B. Crémieux, M. A. Comnène, E. Montale, P. Jahier, a cura di B. MAIER, Milano, Dall'Oglio, 1978;

ENRICO GHIDETTI, *Italo Svevo*, Roma, Editori Riuniti, 1980: una biografia assai puntualmente costruita sulla dialettica vita-opera.

Su un piano di corretta divulgazione si pone il libro di ADRIANO BON, *Come leggere « La coscienza di Zeno »*, Milano, Mursia, 1987[6]; mentre ambizioni piú forti di analisi e di ipotesi su un ulteriore romanzo sveviano rispetto ai già conosciuti sviluppa GABRIELLA CONTINI nel suo *Il quarto romanzo di Svevo*, Torino, Einaudi, 1980.

Ci sono critici che hanno accompagnato con i loro interventi l'esistenza letteraria di uno scrittore. Anche Svevo è stato seguito nella propria esperienza artistica da figure che ne hanno individuato il valore spezzando il suo isolamento e l'ostracismo che per molto tempo gli era stato imposto. Gli interventi di Bruno Maier su Svevo coprono un arco di quarant'anni e, visti nella loro interezza, costituiscono una delle monografie più complete e autorevoli sull'opera di Svevo condotta con grande rigore filologico e sempre con interesse particolare alla lingua e allo stile. Ricordiamo l'attenzione con cui Maier ha curato l'edizione critica dell'opera sveviana, prima per Dall'Oglio fino al 1984, poi per Studio Tesi, fino alla metà degli anni '90.

Con l'avvento del neorealismo nel secondo dopoguerra e con il fortificarsi in Italia degli studi psicoanalitici si affinano gli strumenti metodologici per avvicinarsi al complesso « sistema creativo sveviano ». IRENE VISINTINI in *Studi sveviani 1978-1979*, Napoli, Federico & Ardìa, 1983, passa al vaglio le possibilità con cui la critica degli anni '80 si è avvicinata a Svevo con il metodo psicoanalitico, formalista, marxista, strutturalista.

Sono messi sul tappeto i rapporti di Svevo con il *milieu* storico-culturale-economico della Trieste asburgica (vedi GABRIELLA CONTINI, *Il romanzo inevitabile. Temi e tecniche narrative nella «Coscienza di Zeno»*, Milano, Mondadori, 1983), cosmopolita città di frontiera che pervade con il suo respiro mitteleuropeo tutta l'opera di Ettore Schmitz (di ascendenze ebraiche, anche se Giorgio Voghera, illustre rappresentante della cultura ebraica triestina non ritiene determinante nella *Weltanschauung* sveviana l'influsso della tradizione ebraica orientale, cfr. GIORGIO VOGHERA, *Preghiera e spirito ebraico nella letteratura triestina*, in *Gli anni della psicoanalisi*, Pordenone, Studio Tesi, 1980). Ma soprattutto in Claudio Magris la figura di Svevo e i suoi personaggi lampeggiano nelle vie di Trieste o nella campagna aspra, tra le pagine di *Dietro le parole* (1978), in *Itaca e oltre* (1982) fino alla scoperta della discendenza di Zeno dai personaggi di Schnitzler « frantumati nella sensazione e nell'analisi corroditrice » (cfr. CLAUDIO MAGRIS, *Il mito absburgico nella letteratura austriaca moderna*, Torino, Piccola Biblioteca Einaudi, 1996).

I personaggi sveviani sono accostati al « tema della malattia » che invade « l'Europa del Decadentismo » (Geno Pampaloni, *Italo Svevo, Storia della Letteratura Italiana* diretta da Emilio Cecchi e Natalino Sapegno, *Il Novecento*, tomo I, nuova edizione, Milano, Garzanti, 1987) e il termine « malattia » era ricorso anche nei titoli di critici che osservano Svevo insieme a Verga, Pirandello, Gadda, negli anni '70 (GIAN PAOLO BIASIN, *Malattie letterarie*, Milano, Bompiani, 1976, GABRIELLA CÒNTINI, *Le lettere malate di Svevo*, Napoli, Guida, 1979). GIACINTO SPAGNOLETTI *Suono, ironia e nevrosi* la raccolta della maggior parte dei suoi studi sveviani... malattia, nevrosi, scissione, assenza, « pulsione di morte »... (vedi ANTONIO GAGLIARDI, *La scrittura e i fantasmi. Radici de « La coscienza di Zeno »*, Napoli, Liguori, 1986), la nascita dei personaggi sveviani coincide con il grande fervore scientifico dei primi anni del secolo (è la tesi di RENZO RABBONI in *Un'utopia scientifico-letteraria del primo Novecento: longevità e ringiovanimento* (Shaw, Bulgakov, Zoscenko, Svevo) in « Comparatistica. Annuario italiano » an., Firenze, Olschki, IV, 1992). E con la sua grandezza malata Svevo è collocato sul vettore che avvicina la letteratura italiana all'Europa: la celebre traiettoria Svevo-Pirandello proposta da Renato Barilli alla quale si può aggiungere Federigo Tozzi.

Per scoprire le inquietudini del salotto borghese di casa Schmitz i critici biografi scandagliano testimonianze, carteggi, ricordi, per circoscrivere la realtà ambigua del «caso Svevo ». JOHN GATT-RUTTER con *Alias Italo Svevo, vita di Ettore Schmitz*, Siena, Nuova Immagine, 1991; ENRICO GHIDETTI ripropone con sapienza metodologica *Il caso Svevo. Guida storico critica*, Roma-Bari, Laterza, 1993; MARCO MARCHI invece *Vita scritta di Italo Svevo*, Firenze, Le Lettere, 1998.

Ma JEAN STAROBINSKI afferma che la vita e le opere si intrecciano in un « complesso significante » e ELIO GIOANOLA osserva, correndo volontariamente il rischio di cadere nella patografia, la nevrosi « isterica » di Svevo/Zeno con gli strumenti messi a punto dal dottor Freud, ripetutamente, nel 1991 con *Psicoanalisi, ermeneutica e letteratura* e nel 1995 con *Un killer dolcissimo. Indagine psico-analitica sull'opera di Italo Svevo*, sulla scia di CESARE MUSATTI (*Svevo e la psicoanalisi*, 1976), come del resto MARIO LAVAGETTO (*Freud, la letteratura e altro*, 1985 e *L'impiegato Schmitz e altri saggi su Svevo*, 1986). GIUSEPPE GENCO, nel suo *Italo Svevo. Tra psicoanalisi e letteratura*, Napoli, AGE, 1998, inquadra Zeno con gli stessi strumenti.

La «lunga fedeltà» di GIORGIO LUTI all'opera di Svevo dopo trent'anni di interventi critici, approda nel 1990 alla raccolta di saggi *L'ora di Mefistofele. Studi sveviani vecchi e nuovi (1960-1987)* e offre una ricerca organica dei motivi dello scrittore triestino.

La critica testuale continua a impegnare la sua attenzione in acute osservazioni delle carte sveviane. PIETRO SARZANA ha curato per Mondadori, nella collana dei Meridiani l'edizione dei *Romanzi* nel 1985, MARIO LAVAGETTO nel 1987 per Einaudi ha composto un saggio introduttivo, le note de *La coscienza di Zeno; La rigenerazione, Racconti e altri testi* mentre nel 1993 è uscita la seconda edizione della *Coscienza di Zeno* curata da BRUNO MAIER per le Edizioni Studio Tesi di Pordenone. GIOVANNI PALMIERI per Giunti ha curato nel 1994 l'edizione della *Coscienza di Zeno* rivista sull'originale a stampa con precisa analisi storico-linguistica. Nella prefazione, MARIA CORTI cita affettuosamente Montale: la *Coscienza* è un classico perché è un libro che serve a farci capire chi siamo e dove siamo. E ripetutamente si è sentita l'esigenza di verificare «dov'è» Zeno, nel tempo.

Italo Svevo è stato al centro di alcuni Convegni di studio, dopo quello fiorentino del 1979, ricordiamo le coeve celebrazioni sveviane a Trieste; nell'anno successivo si è tenuto ad Assisi un convegno dal titolo *Italo Svevo. L'inquietudine del nostro tempo*; nel 1983 nuovamente a Firenze, un convegno sugli *Intellettuali di frontiera*. Fino ad arrivare al Convegno di Toronto nel 1991. Gli Atti, usciti nel 1995 con il titolo *Italo Svevo tra moderno e postmoderno*, sono opera di studiosi italiani e stranieri tra cui RENATO BARILLI, W. GEERTS e W. KRYSINSKY. MAURO BUCCHERI ed ELIO COSTA, i due curatori, cercano letture nuove dell'opera di Svevo utilizzando modelli critici teoricamente e metodologicamente eclettici e inseriscono Svevo tra la crisi della modernità e la nascita del post-moderno.

Dal 1997 esce «Aghios», Quaderni di studi sveviani, pubblicati dall'editore Campanotto di Udine. Svevo ci lascia in eredità qualcuno che gli assomiglia. UMBRO APOLLONIO scrive infatti che il signor Giacomo Aghios, protagonista del *Corto viaggio sentimentale* è «il fratello minore [...] di Zeno: *l'ansia di questo continua in quello*; ambedue tendono a recuperare nei loro affanni e nella loro ironica saggezza la situazione infinita dell'esistenza umana».

V

NOTA BIBLIOGRAFICA

EDIZIONI DELLE OPERE DI ITALO SVEVO

L'*Opera omnia* di Svevo è stata pubblicata presso l'editore milanese Dall'Oglio in quattro volumi a cura di B. Maier. Il primo volume comprende l'epistolario sveviano (*Epistolario*); il secondo volume (*Romanzi*) è diviso in due tomi: il primo comprende *Una vita* secondo l'edizione Vram del 1892, e *Senilità* secondo l'edizione del 1927; il secondo tomo comprende *La coscienza di Zeno*, che riproduce l'edizione Cappelli del 1923, la prima edizione di *Senilità* (1898) e le varianti di *Una vita*. Del terzo volume (*Racconti, Saggi, Pagine sparse*) fan parte tutti i racconti di Svevo (compresi abbozzi e varianti), dall'*Assassinio di via Belpoggio* (1890) alle pagine del *Vecchione* (1928), gli articoli comparsi su giornale, i testi delle conferenze tenute pubblicamente, il *Diario per la fidanzata*, appunti, abbozzi, brevi favole. Del quarto e ultimo volume fan parte tutte le *Commedie*. L'intera opera è stata pubblicata nell'arco degli anni 1962-1969.

Nel 1985 sono usciti *Una vita, Senilità, La coscienza di Zeno*, a cura di G. Contini, presso Garzanti; gli stessi titoli, a cura di M. Lunetta, sono apparsi anche presso la romana Newton Compton nello stesso anno. Sempre nel 1985 *La coscienza di Zeno* è apparso anche presso Rizzoli con introduzione e note di Giuliano Dego; inoltre, per i tipi delle Edizioni Studio Tesi di Pordenone, sta apparendo l'edizione critica delle *Opere* di Svevo, a cura di Bruno Maier: finora sono stati pubblicati il volume I (*Una vita*) e il volume III (*La coscienza di Zeno*). Lo stesso Bruno Maier ha pubblicato un'edizione ulteriormente riveduta de *La coscienza di Zeno* (corredata di un imponente saggio introduttivo e di un ricco apparato di note) nel 1986 presso Mursia.

BIBLIOGRAFIA DELLA CRITICA

Per una rassegna bibliografica piú vasta, rimandiamo alla *Bibliografia della critica* pubblicata nel volume II, parte II (pp. 1115-228) dell'*Opera omnia* dello Svevo, a cura di Bruno Maier (Milano, Dall'Oglio, 1969) ed agli articoli dello stesso autore *Italo Svevo, oggi* in « Ausonia » XXIX, 1974, nn. 5-6; *La critica sveviana contemporanea,* ivi, XXXII, 1977, nn. 3-4. Si vedano inoltre i lavori di F. C. Bloodgood - J. W. Van Voorhis, *Criticism of Italo Svevo: A Selected Checklist,* in « Modern Fiction Studies », XVIII, 1972, n. 1, pp. 119-29 e di B. Weiss, *An Annotated Bibliography on the Theatre of Italo Svevo,* The Pennsylvania State University Libraries, 1974.

Segnaliamo comunque:

Domenico Oliva, in « Corriere della Sera », 11 novembre 1982.

Silvio Benco, in « L'Indipendente », 12 ottobre 1898.

Ida Finzi (« Haydée »), in « Supplemento al Caffaro », 11 febbraio 1899.

Silvio Benco, in « Il Piccolo della Sera », 5 giugno 1923.

Ferdinando Pasini, in « Libertà », 10 agosto 1924.

Ferdinando Pasini, in « Libertà », 14 maggio 1925.

Eugenio Montale, « Omaggio a Italo Svevo », in « L'Esame », Milano, IV, novembre-dicembre 1925.

Benjamin Cremieux, in « Le Navire d'Argent », II, 1926, n. 9.

Sergio Solmi, in « Convegno », VIII, 1927.

Enrico Emanuelli, in « La Libra », dicembre 1928.

Federico Sternberg, *L'opera di Italo Svevo,* Trieste, C.E.L.V.I., 1928.

Silvio Benco, in « Pegaso », I, 1929.

Autori Vari, « Omaggio a Italo Svevo », in « Convegno », X, 1929, nn. 1-2.

Autori Vari, « Omaggio a Italo Svevo », in « Solaria », IV, 1929, nn. 3-4.

Giacomo Debenedetti, *Svevo e Schmitz,* in « Convegno », X, 1929, n. 1 (ripubblicato in *Saggi critici,* Roma, Edizioni del Secolo, 1945; II ed., Milano, Mondadori, 1955).

Natalino Sapegno, *Rassegna di scritti su Svevo,* in « La Nuova Italia », gennaio, 1930.

Elio Vittorini, in « Solaria », V, 1930, n. 12.

Carlo Linati, in « La Stampa », 18 marzo 1931.

Guido Piovene, in « L'Ambrosiano », 23 giugno 1931.

Silvio Benco, in « Il Resto del Carlino », 18 settembre 1931.

Pier Antonio Quarantotti Gambini, in « L'Italia Letteraria », 11 ottobre 1931.

Vitaliano Brancati, in « Cultura fascista », 13 marzo 1932.

Aldo Capasso, in « Il Lavoro », 30 aprile 1932.

MARIO BONFANTINI, in « Il Lavoro », 10 dicembre 1932.
STEPHEN JOYCE, in « Il Popolo di Trieste », 24 gennaio 1933.
EURIALO DE MICHELIS, in « Oggi », Roma, 2 luglio 1933.
ALBERTO CONSIGLIO, in *Studi di poesia,* Firenze, Edizioni di « Solaria », 1934.
GIACOMO DEBENEDETTI, in « L'Italia Letteraria », 1 settembre 1934.
EMILIO CECCHI, in *Enciclopedia italiana,* vol. XXXIII, 1937.
ATTILIO MOMIGLIANO, *Storia della letteratura italiana,* II ediz., Milano-Messina, Principato, 1938.
GIACOMO DEVOTO, in « Letteratura », Firenze, II, 1938, n. 4; poi in *Studi di stilistica,* Firenze, Le Monnier, 1950, e quindi in *Itinerario stilistico,* ivi, 1975.
MARIA LUISA ASTALDI, in *Nascita e vicende del romanzo italiano,* Milano, Treves, 1939.
SILVIO BENCO, in « L'illustrazione del medico », Milano, 1939.
GIOVANNI COMISSO, in « La Gazzetta del Popolo », Torino, 1941.
MARIO POMILIO, in « Lettere d'oggi », Roma, febbraio-marzo 1942.
MASSIMO BONTEMPELLI, in « Tempo », Milano, 10-17 settembre 1942.
GIANCARLO VIGORELLI, in « Eloquenza dei sentimenti », Firenze, Edizioni di « Rivoluzione », 1943.
PIETRO PANCRAZI, in *Scrittori d'oggi,* Bari, Laterza, 1946.
SILVIO BENCO, in « Mondo europeo », Roma, gennaio-febbraio 1946.
EUGENIO MONTALE, in « Corriere d'Informazione », Milano, 21 febbraio 1946.
ORESTE DEL BUONO, in « Costume », Milano, maggio-giugno 1946.
NATALINO SAPEGNO, in *Compendio di storia della letteratura italiana,* Firenze, La Nuova Italia, 1947.
UMBERTO SABA, in « Corriere della Sera », Milano, 19 settembre 1947.
CARLO LINATI, in « Corriere d'Informazione », Milano, 16 gennaio 1948.
SILVIO GUARNIERI, in « La Fiera Letteraria », Roma, 6 febbraio 1948.
CARLO BO, in « La Voce del Popolo », 31 luglio 1948.
ETTORE BONORA, in « Belfagor » IV, 1949; ripubblicato in *Gli ipocriti di Malebolge e altri saggi di letteratura italiana e francese,* Milano-Napoli, Ricciardi, 1953.

Giuliano Manacorda, in « Rinascita », VI, 1949.
Eugenio Montale, in « Corriere della Serra », 30 dicembre 1949.
Enrico Falqui, in *Prosatori e narratori del Novecento italiano*, Torino, Einaudi, 1950.
Lidia Veneziani Svevo, *Vita di mio marito con inediti di Italo Svevo* (stesura di Lina Galli), Trieste, Edizioni dello Zibaldone, 1951 (in realtà 1950; nuova ed. a cura di A. Pittoni, ivi, 1958).
Ferdinando Virdia, in « La Voce Repubblicana », 29 gennaio 1950.
Bruno Maier, in « Ausonia » V, aprile-maggio 1950.
Giuseppe De Robertis, in « Il Nuovo Corriere », 28 settembre 1950.
Luciano Anceschi, in « La Gazzetta di Parma », 30 dicembre 1950.
Antonio Gramsci, in *Letteratura e vita nazionale*, Torino, Einaudi, 1951.
Elio Vittorini, in *Dieci libri da salvare*, Torino, E.R.I., 1951.
Giansiro Ferrata, in « Tempo », 10 febbraio 1951.
Bruno Maier, in « Idea », 1 aprile 1951.
Lanfranco Caretti, in « Il Nuovo Corriere », 8 gennaio 1952.
Bruno Maier, in « Lettere Italiane », IV, 1952.
Giacomo Devoto, in *Profilo di storia linguistica*, Firenze, La Nuova Italia, 1953.
Carlo Bo, in « Paragone », IV, agosto 1953, n. 44; poi in *Riflessioni critiche*, Firenze, Sansoni, 1953.
Bruno Maier, in « Il Giornale di Trieste », 13 settembre 1953.
Bruno Maier, in « Idea », 8 novembre 1953.
Eugenio Montale, in « Corriere della Sera », 18 dicembre 1953.
Giacinto Spagnoletti, in « Studi Urbinati », XXVII, nuova serie B, 1953, n. 2.
Giorgio Luti, in « Il Giornale del Mattino », 23 marzo 1954.
Emilio Cecchi, in « Corriere della Sera », 30 marzo 1954.
Bruno Maier, in « Trieste », I, maggio-giugno 1954.
Sergio Antonelli, in *Aspetti e vicende del Novecento*, Parma, Guanda, 1955.
Carlo Bo, in « Le vie d'Italia », LXI, 1955.
Valerio Volpini, in *Prosa e narrativa dei contemporanei*, Roma, Edizioni Studium, 1957.

GENO PAMPALONI, in « L'Espresso », 14 aprile 1957.
GIANFRANCO VENÉ, in « Paese Sera », 16 aprile 1957.
ENRICO FALQUI, in « Il Tempo », 11 giugno 1958.
LUIGI BALDACCI, in « Il Giornale del Mattino », 28 ottobre 1958.
ARCANGELO LEONE DE CASTRIS, *Italo Svevo*, Pisa, Nistri-Lischi, 1959.
LUIGI BALDACCI, in « Corriere d'Informazione », 25 luglio 1959.
GIULIO CATTANEO, *Svevo e la psicoanalisi*, in « Belfagor » XIV, 1959, n. 4.
ARCANGELO LEONE DE CASTRIS, in « Letteratura », VII, 1959.
GLAUCO CAMBON, in « La Fiera Letteraria », 20 marzo 1960.
GIORGIO LUTI, *Italo Svevo e altri studi sulla letteratura italiana del primo Novecento*, Milano, Lerici, 1961.
GIANCARLO VIGORELLI, in *Almanacco Letterario Bompiani*, Milano, Bompiani, 1961.
PAOLO MILANO, in « L'Espresso », 8 luglio 1962.
LUIGI BALDACCI, in « Epoca », 23 dicembre 1962.
EUGENIO MONTALE, in « Corriere d'Informazione », 24 ottobre 1963.
BRUNO MAIER, in « Voce Giuliana », 1964.
GENO PAMPALONI, in « Terzo Programma », 1964, n. 2, pp. 43-109.
SANDRO MAXIA, *Lettura di Italo Svevo*, Padova, Liviana, 1965.
ALDO BORLENGHI, *Tradizione e eccezionalità nelle esperienze narrative di Svevo e Pirandello*, Milano, La Goliardica, 1966.
ALDO BORLENGHI, *Italo Svevo*, in *Narratori dell'Ottocento e del primo Novecento*, Milano-Napoli, Ricciardi, 1966.
MARCO FORTI, *Svevo romanziere*, Milano, All'insegna del pesce d'oro, 1966.
PHILIP N. FURBANK, *Italo Svevo, the Man and the Writer*, Londra, Secker & Warburg, 1966.
LANFRANCO CARETTI, in « Letteratura », 1966.
MICHEL DAVID, in *La psicanalisi nella cultura italiana*, Torino, Boringhieri, 1966.
MICHEL DAVID, in *Letteratura e psicanalisi*, Milano, Mursia, 1967.
GIORGIO LUTI, *Svevo*, Firenze, La Nuova Italia, 1967.
ANITA PITTONI, in *L'anima di Trieste*, Firenze, Vallecchi, 1968.
SALVATORE BATTAGLIA, in *Mitografia del personaggio*, Milano, Rizzoli, 1968.

Antonio Testa, *Italo Svevo*, Ravenna, Longo, 1968.
AA.VV., *Essays on Italo Svevo*, a cura di Th. F. Staley, University of Tulsa (Oklahoma), 1969.
Norbert Jonard, *Italo Svevo et la crise de la bourgeoisie européenne, Essai*, Parigi, Les Belles Lettres, 1969.
Geno Pampaloni, *Italo Svevo*, in *Storia della letteratura italiana*, vol. IX, Milano, Garzanti, 1969.
Giacomo Debenedetti, in *Il romanzo del Novecento*, Milano, Garzanti, 1971.
A. Ravaglia, *Italo Svevo e la crisi europea del primo Novecento*, Rieti, ed. « Lo Specchio », 1971.
Renato Barilli, *La linea Svevo-Pirandello*, Milano, Mursia, 1972.
Giacinto Spagnoletti, *Svevo, la vita, il pensiero, i testi esemplari*, Milano, Accademia, 1972.
Mario Fusco, *Italo Svevo, conscience et realité*, Parigi, Gallimard, 1973.
Eduardo Saccone, *Commento a « Zeno ». Saggio sul testo di Svevo*, Bologna, Il Mulino, 1973.
Giuseppe Antonio Camerino, *Italo Svevo e la crisi della Mitteleuropa*, Firenze, Le Monnier, 1974.
Brian Moloney, *Italo Svevo. A Critical Introduction*, Edinburgh University Press, 1974.
Mario Lavagetto, *L'impiegato Schmitz e altri saggi su Svevo*, Torino, Einaudi, 1975.
Sandro Maxia, *Svevo. Storia e antologia della critica*, Palermo, Palumbo, 1975.
AA.VV., *Il caso Svevo*, a cura di Giuseppe Petronio, Palermo, Palumbo, 1976.
E. Cappelli-Isabella Nardi, *Italo Svevo*, Firenze, La Nuova Italia, 1976.
Teresa De Laurentis, *La sintassi del desiderio - Struttura e forme del romanzo sveviano*, Ravenna, Longo, 1976.
Silvano Del Missier, *Italo Svevo. Introduzione e guida allo studio dell'opera sveviana. Storia e antologia della critica*, Firenze, Le Monnier, 1976.
Adriano Bon, *Come leggere « La coscienza di Zeno » di Italo Svevo*, Milano, Mursia, 1977.
Giampaolo Borghello, *La coscienza borghese. Saggio sulla narrativa di Svevo*, Roma, Savelli, 1977.
M. Carlo Fonda, *Svevo e Freud. Proposta di interpretazione della « Coscienza di Zeno »*, Ravenna, Longo, 1978.
Tullio Kezich, *Svevo e Zeno. Vite parallele*, Milano, Il Formichiere, 1978.
Charles C. Russel, *Italo Svevo. The Writer from Trie-*

ste. Reflections on his Background and his Work, Ravenna, Longo, 1978.
GIACINTO SPAGNOLETTI, *« La coscienza di Zeno » di Italo Svevo*, Milano, Rizzoli, 1978.
BRUNO MAIER, *Italo Svevo*, Milano, Mursia, 1980[6].
GABRIELLA CONTINI, *Il quarto romanzo di Svevo*, Torino, Einaudi, 1980.
ENRICO GHIDETTI, *Italo Svevo*, Roma, Editori Riuniti, 1980.
AA.VV., *Italo Svevo oggi*, Atti del Convegno di Firenze, 3-4 febbraio 1979, a cura di M. Marchi, Firenze, Vallecchi, 1980.
C. BENEDETTI, *La piccola rivoluzione copernicana di Zeno*, in « Sigma », Nuova serie, a. IV, gennaio-aprile 1981, pp. 26-44.
G. A. CAMERINO, *Svevo*, Torino, UTET, 1981.
R. LUPERINI, *Il Novecento*, Torino, Loescher, 1981, pp. 119-134.
F. P. BOTTI, G. MAZZACURATI, M. PALUMBO, *Il secondo Svevo*, Napoli, Liguori, 1982.
FRANCO PETRONI, *Svevo*, Milella, Lecce, 1983.
CARLA BENEDETTI, *La soggettività del racconto: Proust e Svevo*, Napoli, Liguori, 1984.
ENRICO GHIDETTI (a cura di), *Il caso Svevo. Guida storica e critica*, Bari, Laterza, 1984.
FLAVIO CATENAZZI, *Italo Svevo e « L'Indipendente ». La lingua e lo stile di un giornalista*, Bologna, Patron, 1984.
MARIO FUSCO, *Italo Svevo*, Palermo, Sellerio, 1984.
GIUSEPPE ANTONIO CAMERINO, *Italo Svevo, scrittore ebraico*, in « Italienische studien », 1984 (7), pp. 63-75.
GIAN PAOLO BIASIN, *Un « Deo gratias » qualunque: Svevo, il linguaggio, il sapere*, in « Italica », vol. 61, n. 2, summer 1984.
PAOLO BRIGANTI (a cura di), *Svevo scrittore. Italo Svevo nella sua nobile vita*, Parma, Zara, 1985.
EDUARDO SACCONE, *Commento a « Zeno ». Saggio sul testo di Svevo*, Bologna, Il Mulino, 1985.
MARYSE JEULAND, *Zeno e i suoi fratelli. La creazione del personaggio nei romanzi di Italo Svevo*, Bologna, Patron, 1985.
SANDRO MAXIA, *Svevo e la prosa del Novecento*, Bari, Laterza, 1985.
FULVIO ANZELOTTI, *Il segreto di Svevo*, Pordenone, Studio Tesi, 1985.
MICHELE DZIEDUSZYCKI, *Quel modesto industriale di mio zio*, in « Europeo », n. 4, 24 gennaio 1985, pp. 78-81.
GIUSEPPE ANTONIO CAMERINO, *Svevo e l'arte figurativa con-*

temporanea, in « Letteratura italiana contemporanea », anno 6, n. 15, maggio-agosto 1985, pp. 295-304.

ALBERT J. SBRAGIA, *Le confessioni di Italo Svevo*, in « Forum Italicum », vol. 19, n. 1, spring 1985, pp. 45-59.

SANDRO MAXIA, *Lettura di Italo Svevo*, Padova, Liviana, 1986.

ANTONIO GAGLIARDI, *La scrittura e i fantasmi. Radici de « La coscienza di Zeno »*, Napoli, Liguori, 1986.

ELIO GIOANOLA, *Un Killer dolcissimo. Indagine psicanalitica sull'opera di Italo Svevo*, Genova, Il Melangolo, 1986.

ANGELA GUIDOTTI, *Zeno e i suoi doppi. Le commedie di Svevo*, Pisa, E.T.S., 1986.

CLAAR MICAELA PRETOLANI, *Guida alla lettura di Svevo*, Milano, Mondadori, 1986.

PAOLO BRIGANTI, *I romanzi di Svevo*, in « Paragone », n. 438, agosto 1986, pp. 112-122.

LIA FAVA GUZZETTA, *Tempo e scrittura nell'ultimo Svevo*, in « Forum Italicum », vol. 20, n. 2, 1986.

BRUNO MAIER, *Svevo, Freud e la psicoanalisi*, in « La rassegna della Letteratura Italiana », anno 90, n. 3, settembre-dicembre 1986, pp. 556-560.

PAOLO PUPPA, *Il teatro di Svevo, ovvero il Soggetto tagliato*, in « Biblioteca teatrale » n. 1, 1986.

NICOLA D'ANTUONO, *Amore e morte in « Senilità » e altro su Svevo*, Salerno, Laveglia, 1987.

REGINALDO CHINELLATO, *Un quindicennio di studi sveviani (1970-1985)*, in « Quaderni veneti », n. 5, 1987, pp. 135-166.

BRUNO MAIER, *Pirandello, Trieste e Svevo*, in « Realtà Nuova », anno 52, n. 5/6, maggio-giugno 1987.

ALBERTO CAVAGLION, *L'Astuto Imbecille (Nota sul plurilinguismo di Svevo)*, in « Otto/Novecento », anno 11, n. 3/4, maggio-agosto 1987, pp. 195-199.

GIUSEPPE PETRONIO (a cura di), *Il caso Svevo*, Palermo, Palumbo, 1988.

GIOVANNA MICELI JEFFRIES, *Lo scrittore, il lavoro e la letteratura: la rappresentazione del lavoro nella narrativa di Italo Svevo*, Padova, Piovan, 1988.

GIACINTO SPAGNOLETTI, *Svevo*, Catania, Prova d'autore, 1988.

D. MARCHI (a cura di), *La vita come malattia della materia. Contributi e indici per il teatro di Svevo*, Bologna, Cappelli, 1988.

FRANCESCO GRISI, *Alla ricerca di Italo Svevo*, in « Ragionamenti », anno 15, n. 172, maggio 1988, pp. 86-90.

LEONE DE CASTRIS ARCANGELO, *Il decadentismo italiano. Svevo, Pirandello e D'Annunzio*, Bari, Laterza, 1989.

Paolo Briganti, *Il teatro di Svevo: un altro «caso» (fra cronologia e storia)*, in «Studi e problemi di critica testuale», n. 39, ottobre 1989, pp. 179-197.

Giulio Savelli, *L'ambiguità di Zeno*, in «Comunità», nn. 191/192, novembre 1989, pp. 457-515.

Giorgio Luti, *L'ora di Mefistofele. Studi sveviani vecchi e nuovi (1960-1987)*, Firenze, La Nuova Italia, 1990.

Maria Antonietta Grignani, *La poesia combatte col rasoio: dall'avantesto al racconto critico*, in «Autografo», vol. 7, n. 19, febbraio 1990, pp. 19-37.

Angelo Marchese, *Italo Svevo*, in «Humanitas», anno 45, n. 1, febbraio 1990, pp. 59-72.

Angela Guidotti, *Il personaggio di Zeno tra romanzo e teatro*, in «Letteratura Italiana», anno 42, n. 1, gennaio-marzo 1990, pp. 124-135.

Letizia Fonda Savio, *Baedeker triestino*, in «Il Piccolo», 10 dicembre 1990.

Marco Marchi, *Svevo: le tentazioni della gloria*, in «Il Ponte», anno 46, n. 12, dicembre 1990, pp. 87-100.

Marino Biondi, *Trieste in Svevo*, in «Il Ponte», anno 46, n. 12, dicembre 1990, pp. 67-84.

Giulio Savelli, *L'ambiguità di Zeno*, in «Comunità», nn. 191/192, novembre 1989.

Marino Biondi, *Svevo*, Milano, Vallardi, 1989.

M. Farnetti, *La musica nella narrativa triestina del Novecento*, «Il Ponte», XVL (2), 1989.

Mario Lavagetto (a cura di), Italo Svevo, *La Rigenerazione*, Torino, Einaudi, 1989.

Ulla Musarra Schrøder, *Narciso e lo specchio: Il romanzo moderno in prima persona*, Roma, Bulzoni, 1989.

Giuseppe Stellardi, *Letteratura e verità: la differenza di Zeno e Gonzalo*, in «Studi e problemi di critica testuale», 38, 1989.

Mario Lavagetto (a cura di), «La coscienza di Zeno» e «Continuazioni», Torino, Einaudi, 1990.

Giorgio Luti, *L'ora di Mefistofele. Studi sveviani vecchi e nuovi (1960-1987)*, Firenze, La Nuova Italia, 1990.

Maria Antonietta Grignani, *La poesia combatte col rasoio: dall'avantesto al racconto critico*, in «Autografo», vol.7, n. 19, febbraio 1990.

Angela Guidotti, *Il personaggio di Zeno tra romanzo e teatro*, in «Letteratura Italiana, anno 42, n. I, gennaio-marzo 1990.

Letizia Fonda Savio, *Baedeker triestino*, in «Il Piccolo», 10 dicembre 1990.

Marco Marchi, *Svevo: le tentazioni della gloria*, in «Il Ponte», anno 46, n. 12, dicembre 1990.

BRUNO MAIER, *L'ubicazione della villa di Zeno* (1988) in *Il gioco dell'alfabeto. Altri saggi triestini*, Gorizia, Istituto giuliano di storia, cultura, documentazione, 1990.
MARINO BIONDI, *Trieste in Svevo*, in «Il Ponte», anno 46, n. 12, dicembre 1990.
WALTER PEDULLÀ, *Lo schiaffo di Svevo. Giochi, fantasie, figure del Novecento italiano*, Brescia, Camunia, 1990.
BRUNO MAIER (a cura di), Italo Svevo, *Senilità*, Milano, Mursia, 1990.
GENO PAMPALONI, GIOVANNA IOLI (a cura di), Italo Svevo, *La coscienza di Zeno*, Milano, Tea, 1990.
MANUELA LA FERLA, *Storie di città. Trieste o della differenza*, in «Leggere», n. 25, ottobre 1990.
TOMMASO DI SALVO (a cura di), Italo Svevo, *La coscienza di Zeno*, Bologna, Zanichelli, 1990.
LUCIANA SALIBRA, *Lessicologia d'autore. Studi su Pirandello e Svevo*, Roma, Edizioni dell'Ateneo, 1990.
SANDRO MAXIA, *Svevo e la prosa del Novecento*, Roma-Bari, Laterza, 1990, II edizione.
JOHN GATT-RUTTER, *Alias Italo Svevo, vita di Ettore Schmitz scrittore triestino*, introduzione di Giorgio Luti, Siena, Nuova Immagine Editrice, 1991.
ELIO GIOANOLA, *Psicoanalisi, ermeneutica e letteratura*, Milano, Mursia, 1991.
ROSSELLA BALDINI, *L'uso delle reggenze preposizionali nella «Coscienza di Zeno»*, in «La Rassegna della Letteratura Italiana», Firenze, Le Lettere, n. 1-2, 1991.
SILVIA CHEGIA, *Elementi di psicosomatica nell'analisi de «La coscienza di Svevo» di Italo Svevo*, «Il Cristallo», a. XXXIII, n. 1 aprile 1991.
GIACINTO SPAGNOLETTI, *Svevo: da «Una vita» a «La coscienza di Zeno»*, Modena, Mucchi (Ghirlandina di classici italiani del Novecento), 1991.
LETIZIA SVEVO FONDA SAVIO, BRUNO MAIER, *Italo Svevo*, Pordenone, Studio Tesi, 1991.
EDUARDO SACCONE, *Commento a «Zeno». Saggio sul testo di Svevo*, Bologna, Il Mulino, 1991.
BRUNO MAIER (a cura di), *Scrittori triestini del Novecento*, presentazione di Carlo Bo, Trieste, Lint, 1991.
FULVIO ANZELLOTTI, *La villa di Zeno*, Pordenone, Studio Tesi, 1991.
GIUSEPPE NAPOLITANO, *La novella del buon vecchio e della bella fanciulla e altre questioni di critica sveviana*, a cura di A. Maremmi, Firenze, Libri Atheneum, 1991.
LIA FAVA GUZZETTA, *Il primo romanzo di Italo Svevo. Una scrit-*

tura della scissione e dell'assenza, Firenze, D'Anna, 1991.
MARINO BIONDI, *Svevo, in Novecento. Storie e stili del romanzo in Italia*, Firenze, Festina Lente, 1991.
CRISTINA BENUSSI (a cura di), Italo Svevo, *Senilità* (introduzione di Daniele Del Giudice), Milano, Feltrinelli, 1991.
GIULIO SAVELLI, *Microstrategia dell'ironia e dell'umorismo nella «Coscienza di Zeno»*, in *«Lingua e stile»*, XXVI, 3, 1991.
MARCO MARCHI, *Tre scrittori: Svevo, Tozzi, Pavese*, Siena, Elzeviri di Barbablù, Arti Grafiche Ticci, 1992.
GATT-RUTTER JOHN, *Italo Svevo and Ettore Schmitz's freudian map of Europe*, in «Spunti e Ricerche», Rivista di italianistica, an., Melbourne (Australia), Univ. of Melbourne, Dept. of Italian, n. 7-8, 1991-1992.
ENRICO GHIDETTI, *La coscienza di un borghese triestino*, Roma, Editori Riuniti, 1992, II edizione.
GIUSEPPE LANGELLA, *Italo Svevo*, Napoli, Morano, 1992.
ERNESTINA PELLEGRINI, *Su alcuni identikit di Svevo-Schmitz*, in «Rivista di Letteratura Italiana», n. 3, 1992.
CLAUDIO PEZZIN, *Italo Svevo e la psicologia dello scrittore*, Verona, Cierre, 1992.
MASSIMO RIZZANTE, *Il sogno dell'interpretazione. Struttura ambivalente de «La coscienza di Zeno»*, in «Quaderni Veneti», n. 15, 1992.
RENZO RABBONI, *Un'utopia scientifico-letteraria del primo Novecento: longevità e ringiovanimento* (Shaw, Bulgakov, Zoscenko, Svevo), in «Comparatistica, Annuario italiano», an., Firenze, Olschki, IV, 1992.
TOMMASO DI SALVO (a cura di), *La coscienza di Zeno*, Bologna, Zanichelli, 1992. (Edizione corredata da minidisco con l'intero romanzo e un programma per la ricerca full-text di parole o combinazioni di parole).
ITALO SVEVO, *La coscienza di Zeno*, Torriana (Forlì), Orsa Maggiore, 1992.
GABRIELLA CÒNTINI (a cura di), Italo Svevo, *La coscienza di Zeno, in Letteratura italiana, Le Opere*, Torino, Einaudi, 1992-1996, volume IV, Il Novecento. L'età della crisi.
GIUSEPPE SAVOCA (a cura di), Italo Svevo, *La coscienza di Zeno*, Torino, Loescher, 1992.
A. DOLFI, *Del romanzesco e del romanzo. Modelli della narrativa italiana tra Otto e Novecento (Deledda, Fogazzaro, Svevo)*, Bulzoni, Roma, 1992.
ENRICO GHIDETTI, *Il caso Svevo. Guida storica e critica*, Roma-Bari, Laterza, 1993.
ENRICO GHIDETTI, *Malattia, coscienza e destino*, Firenze, La Nuova Italia, 1993.

CARLO ANNONI, *L'orologio di Flora e il dottor Sofocle: Svevo lettore dei classici*, in «Testo», n. 26, luglio-dicembre 1993.
NOEMI PAOLINI GIACHERY, *Italo Svevo. Il Superuomo dissimulato*, Roma, Studium, 1993.
ENRICO GHIDETTI, *Malattia, coscienza e destino. Per una mitografia del decadentismo* (Tarchetti, Fogazzaro, D'Annunzio, Pirandello, Svevo), Firenze, La Nuova Italia, 1993.
GIOVANNA IOLI (a cura di), Italo Svevo, *Romanzi*, Torino, UTET, 1993.
DAVID HARVEY, *La crisi della modernità*, Milano, Il Saggiatore, 1993. (*The condition of Postmodernity*, Oxford, Blackwell).
MASSIMO RIZZANTE, *Il sogno dell'interpretazione*, Fossombrone, Tipografia Metauro, 1993.
CRISTINA BENUSSI (a cura di), Italo Svevo, *La coscienza di Zeno*, Milano, Feltrinelli, 1993. (Introduzione di Franco Marcoaldi).
MARIO LAVAGETTO, introduzione a Italo Svevo, *Romanzi*, Torino, Einaudi Gallimard, 1993.
GIULIANO GRAMIGNA, *Zeno, la carriera di vegliardo*, in «Il piccolo Hans», 78, 1993.
STANISLAUS JOYCE, *Joyce in Svevo's garden*, traduzione di M. Soranzio, a cura di S. Rasman, Trieste, Mgs Press, 1995.
LEONE DE CASTRIS ARCANGELO, *Il decadentismo italiano. Svevo, Pirandello, D'Annunzio*, Roma-Bari, Laterza, 1995, II ed.
PAOLO GETREVI, *L'incerta favola del personaggio. 1881-1923: il romanzo italiano*, Alessandria, Edizioni dell'Orso, 1995.
SERGIO BLAZINA, *I luoghi della scrittura*, Torino, Tirrenia Stampatori, 1996.
RICCARDO SCRIVANO, *Dopo il naturalismo, esercizi di lettura su D'Annunzio e su Svevo*, Roma, Nuova Cultura, 1996.
GIUSEPPE ANTONIO CAMERINO, *Italo Svevo e la crisi della Mitteleuropa*, Milano, Istituto di propaganda libraria, 1996.
GABRIELLA CÒNTINI, *Svevo*, Palermo, Palumbo, 1996.
ELIO GIOANOLA, *La narrativa tra '800 e '900. Svevo e Pirandello*, Faenza, Faenza Editrice, 1996.
ROBERTO BIGAZZI, *Le risorse del romanzo: componenti di genere nella narrativa moderna*, Pisa, Nistri-Lischi, 1996.
GIULIO SAVELLI, *Il dottor Svevo e la storia virtuale di Zeno*, in «Strumenti critici», XI, n. s., 1, 1996.
CATERINA VERBARO, *Italo Svevo*, Soveria Mannelli, Rubettino Editore, 1997.
PASQUALE TUSCANO (a cura di), Italo Svevo, *La coscienza di Zeno*, Perugia, Guerra, 1997.
GIORGIO BÀRBERI SQUAROTTI (a cura di), Italo Svevo, *La novel-*

la del buon vecchio e della bella fanciulla, Cosenza, Marco Editore, 1997.
CRISTINA BENUSSI (a cura di), Italo Svevo, *Senilità*, Milano, Feltrinelli, 1997.
GIUSEPPE LANGELLA, *Il romanzo delle frontiere. Una chiave per «Il vegliardo»*, in «Anghios», Quaderni di Studi Sveviani diretti da Giuseppe A. Camerino e Elvio Guagnini, Pasian di Prato, Udine, Campanotto Editore, 1997 (Saggi).
GIAN PAOLO BIASIN, *Un «Deo Gratias» qualunque,* in *Le periferie della letteratura. Da Verga a Tabucchi*, Ravenna, Longo Editore, 1997.
GIOVANNI PALMIERI, *Apocalypse Now. Il finale nella «Coscienza di Zeno»*, in «Anghios», Quaderni di Studi Sveviani diretti da Giuseppe A. Camerino e Elvio Guagnini, Pasian di Prato, Udine, Campanotto Editore, 1997 (Saggi).
SUSANNE KNALLER, *Italo Svevo e l'originalità della vita, Svevo nell'italianistica tedesca (1985-1995)*, ibidem.
ELIO SCHMITZ, *Diario*, Palermo, Sellerio, 1997 (a cura di Luca De Angelis).
GIUSEPPE GENCO, Italo Svevo. *Tra psicoanalisi e letteratura*, Napoli, AGE, 1998.
GIULIO SAVELLI, *L'ambiguità necessaria. Zeno e il suo lettore*, Milano, Angeli, 1998.
MARCO MARCHI (a cura di), Italo Svevo, *Vita scritta di Italo Svevo*, Firenze, «Le Lettere», 1998.
GINO TELLINI, *La dissociazione dell'io,* in *Il romanzo italiano dell'Ottocento e Novecento*, Milano, Bruno Mondadori, 1998.
GIANCARLO MAZZACURATI, *Un «jeu de trompe-l'oeil»: la lettera alla madre (Lo strabismo di Svevo), Dentro il silenzio di Svevo: crisi, morte e metamorfosi della «letteratura» (Teresina, la luce, l'apocalisse di Zeno*, Svevo e Joyce), in *Stagioni dell'apocalisse (Verga, Pirandello, Svevo)*, Torino, Piccola Biblioteca Einaudi, 1998.

INDICE DEI NOMI

INDICE DELLE OPERE DI SVEVO

INDICE GENERALE